KB240682

펠리치따스와 키다리 아저씨 그리고 십계명

글 | 에어빈 그로쉐

옮긴이 | 최영균 · 김성진
그림 | 다그마르 가이슬러

IMPRIMATUR
Suwon, die 22 Mensis Jun. 2005
Most Rev. Paulus Choi
Episcopus Suwonensis
NIHIL OBSTAT
Stephanus Lee, Censor
Suwon, die 22 Mensis Jun. 2005

행복한 한스와 십계명

옛날에 한스라는 젊은이가 있었습니다.

한스는 7년 동안 남의 집에서 일을 하고 그 품삯으로 커다란 금덩이를 받게 되었습니다. 금덩이를 보자기에 잘 싸서 어깨에 메고 어머니가 계신 집을 향해 걸어가던 한스는 길 저편에서 말을 타고 오는 사람을 보았습니다. 금덩이가 너무 무거워 낑낑거리며 걷고 있었기 때문에 한스는 그 사람이 부러워서 그가 탄 말과 금덩이를 바꾸고 싶었습니다. 말 주인은 한스의 말을 듣고 얼른 그렇게 했습니다. 한스는 빨리 집에 갈 수 있다는 생각에 신이 나서 말을 타고 달리다가 그만 말에서 떨어지고 말았습니다. 그 때 소를 몰고 오던 농부가 다가오자 한스는 얌전한 소를 보며 말보다 소를 갖는 것이 더 좋겠다고 생각하고 농부에게 말했습니다. 그러자 농부는 소를 내주며 말을 타고 떠났습니다. 한스는 우유와 버터를 얻을 수 있는 소가 생겨서 무척 기뻤습니다. 한참 소를 몰고 가던 한스는 목이 말라 젖을 짜려고 했습니다. 그러나 소가 너무 늙어서 젖은 나오지 않았고, 한스는 소의 뒷발에 아주 세게 걷어차이고 말았습니다. 바로 그 때 푸줏간 주인이 돼지를 몰고 다가오자 한스는 고기와 소시지를 먹을 수 있는 돼지가 갖고 싶어졌습니다. 그래서 소와 돼지를 바꾸게 되었습니다.

한스는 원하는 대로 모두 바꿀 수 있었기 때문에 아주 기분이 좋았습니다. 그러다가 다시 거위를 안고 가는 소년을 만나게 되어 깃털도 주고 맛있는 고기도 주는 거위가 탐이 나서 또 돼지와 바꾸게 되었습니다. 그래서 거위를 안고 가다가 이번에는 노래를 부르며 칼을 갈고 있는 사람을 만났습니다. 다시 거위와 칼 가는 숫돌을 바꾸어 들고 가던 한스는 목이 말라 우물가에서 돌을 내려놓고 물을 마시다가 숫돌을 잘못 건드려 그만 우물에 빠뜨리고 말았습니다. 그러나 한스는 무거운 돌을 들지 않게 된 것이 너무 기뻐서 집으로 달려가며 외쳤습니다.

"나는 세상에서 가장 행복한 사람이다!"

그림 형제(형 야고프 그림과 동생 빌헬름 그림)의 이 유명한 동화 「행복한 한스」는 우리에게 많은 것을 생각하게 해 줍니다. 얼간이 청년 한스는 정말 행복했을까요? 한스는 분명 행복해 보입니다. 그러나 한스는 정작 중요한 보물인 금덩이를 잃어버렸습니다. 금덩이가 무겁다는 생각만 했지 그것이 얼마나 소중하고 귀한 것인지 한스는 몰랐던 것입니다.

열 가지 계명도 마찬가지라고 할 수 있습니다. 십계명은 온통 하지 말라는 것뿐입니다. 사람들의 생활을 구속하고 제약하는 그런 귀찮고 무거운 돌덩이로 여겨지는 경우가 많을 것입니다. 그래서 종교를 외면하는 사람들도 많이 있습니다. 그러나 외면한다고 해서 황금이 돌이 될 수 없듯이 십계명 역시 사라져 없어질 수는 없습니다.

십계명은 시나이 산에서 하느님께서 모세를 통해 이스라엘 백성에게 알려주신 열 가지 지켜야 할 인간의 도리입니다. 십계명은 성서의 요약인 동시에 하느님의 의지를 고스란히 담고 있는 보물입니다. 왜냐구요? 십계명은 모든 사람들이 평등하게 하느님의 평화 안에서 즐겁게 인생을 살아갈 수 있게끔 해 주는 질서이기 때문입니다. 십계명 안에서는 많이 가진 사람이나 덜 가진 사람, 힘이 센 사람이나 약한 사람, 많이 배운 사람이나 못 배운 사람들 모두가 조화와 평등 안에서 사랑받고 있음을 느낄 수 있고 행복을 느낄 수 있습니다.

전통적으로 교회는 십계명을 하느님 사랑과 이웃 사랑의 요구 두 가지로 구분하였습니다. 처음 세 계명은 하느님 사랑과 관련되어 있고, 다른 일곱 계명은 이웃 사랑과 관련된 것입니다. 십계명은 각 계명들이 전체와 관련을 맺는 유기적 단일성을 이루고 있습니다. 계명 하나를 어기는 것은 율법 전체를 위반하는 것이 됩니다. 그렇다고 십계명이라는 보물의 무게에 눌려 미리 겁낼 필요는 없습니다. 왜냐하면 네 번째 계명 "부모에게 효도하라"를 제외한 아홉 계명만이 모두 "~하지 마라"일뿐 나머지는 모두 해도 좋기 때문입니다.

십계명을 알아가는 것이 얼마나 행복하고 기쁜 일인지 우리는 펠리치따스와 키다리 아저씨가 좌충우돌 부딪치는 일상의 사건 안에서 알 수 있을 겁니다. 독자 여러분도 키다리 아저씨와 펠리치따스와 함께 세상을 보다 더 잘 보기 위해 세상을 향해 나 있는 구멍을 들여다보면 어떨까요?

이 책의 저자 에어빈 그로쉐는 독일의 유명한 극예술가입니다. 풍자와 유머로 인생의 진리를 묘사하는 그의 작품은 많은 사람들에게 사랑받고 있습니다.

이 책은 보다 인간답고 행복하게 살고자 하는 모든 아이들과 지난날 아이였던 어른들 모두에게 계명이라는 다소 딱딱한 포장 속에 얼마나 풍요롭고 아름다운 선물이 들어 있는가를 들여다볼 수 있는 좋은 기회가 되리라 믿습니다.

2005년 여름 분당골에서

옮긴이 최영균

1계명

나는 주님, 너의 하느님!

너는 다른 신들을 내 곁에 두어서는 안 된다.

너는 하느님의 형상을 만들어서는 안 된다. 하늘뿐 아니라 땅에서 그리고 바다에서 나오는 그 어떤 것으로도 우상을 만들어서는 안 된다. 그것들 앞에 엎드리지 말고 기도하지 말라.

2계명

너의 주인이신 하느님의 이름을 함부로 부르지 말라.

3계명

일곱 번째 날인 주님의 날을 거룩하게 지켜라.

4계명

너의 부모를 공경하라.

5계명

사람을 죽이지 말라.

6계명

혼인의 약속을 깨서는 안 된다.

7계명

남의 것을 훔쳐서는 안 된다.

8계명

너의 이웃에게 거짓말을 하지 말라.

9와 10계명

다른 사람의 아내를 탐내서는 안 된다.

너의 이웃에 속한 것을 탐내서는 안 된다.

그의 집이든, 그의 재산이든, 그의 가축이든 그 밖의 무엇이든지

네 이웃의 것이라면 탐내서는 안 된다.

차례

4 계명

5 계명

6 계명

7 계명

8 계명

9 와 10 계명

진심으로
환영합니다

키다리 아저씨

퀴는 외할머니 댁 욕실에서 사다리에 올라가 구름모양의 모빌을 천장에 달고 있었다.

퀴의 이름은 펠리치따스였지만 사람들은 모두 그녀를 *퀴라고 불렀다. 왜냐하면 퀴는 반짝이는 금발머리에 알록달록한 옷을 즐겨 입었기 때문이다. (*퀴는 독일어로 예쁘고 귀여운 요정이라는 뜻이다.)

그러나 외할머니는 그녀를 펠리치따스라고 불렀다. 퀴가 아무리 졸라도 할머니는 언제나 펠리치따스라고 불렀다.

"할머니, 제발 저를 퀴라고 불러주세요."

이따금 퀴가 이렇게 애원하면 외할머니는 웃으면서 말씀하셨다.

"좋아, 펠리치따스."

퀴는 외할머니가 언제까지나 자기를 펠리치따스라고 부르리라는 것을 알았다.

퀴의 외할머니 이름은 파울라 헴펠이었지만, 할머니가 자신을 운동화처럼 가뿐하다고 생각했기 때문에 사람들은 *투른슈 할머니라고 불렀다.(*투른슈는 독일어로 운동화라는 뜻이다.)

얼마 전 투른슈 외할머니의 생신날에 퀴는 하얀 줄무늬가 있는 빨간 운동화를 선물했다. 투른슈 할머니는 그때부터 백미터 달리기 선수처럼 자랑스럽게 그 운동화를 신고 다니셨다.

퀴는 사다리에 올라서서 천장에 박힌 못에다 구름모양의 모빌을 달았다.

"펠리치따스, 조심해라!"

투른슈 할머니는 사다리를 붙들고 있는 동안 계속 소리쳤다.

그때 현관에서 벨소리가 났다. 현관 벨소리가 너무나 요란해서 퀴는 깜짝 놀랐고, 그 바람에 구름모양의 모빌을 떨어뜨릴 뻔했다. 투른슈 할머니는 퀴를 쳐다보았고 퀴도 할머니를 바라보았다.

"할머니, 문 안 열어 주실 거예요?"

퀴가 물었다.

"올 사람이 없는데…."

"집배원 아저씨일 수도 있잖아요?"

퀴의 말을 듣고 투른슈 할머니는 잠시 생각하셨다. 할머니는 요리책을 주문하셨는데 혹시 그 요리책을 배달해 주려고 집배원이 왔는지도 모른다고 생각하셨다. 세상에서 제일 맛있는 케이크 조리법이 적혀 있는 요리책. 그 생각을 하자 할머니는 군침이 돌았다.

그래서 할머니는 막 현관으로 뛰어가려 하셨는데, 그 순간 오늘이 일요일이고, 일요일에는 집배원이 오지 않으므로 세상에서 제일 맛있는 케이크 만드는 법이 적혀 있는 요리책이 배달될 리가 없다는 생각이 떠올랐다. 투른슈 할머니의 얼굴이 갑자기 시무룩해지셨다.

"왜 그러세요?"

퓌가 물었다.

"집배원은 내일이 되어야 오거든."

투른슈 할머니가 힘없는 목소리로 말씀하셨다.

"오늘은 내일이 아닌데 갑자기 케이크가 먹고 싶구나!"

"기적이 일어날 수도 있잖아요. 누군가 할머니와 제가 케이크를 먹고 싶어한다는 걸 알고 가지고 왔을지도 모르잖아요!"

퓌가 속삭이듯 말했다. 그리고 두 사람은 마주보며 웃음을 터뜨렸다. 투른슈 할머니가 케이크를 먹고 싶어하시는 바로 이 순간 누군가 문앞에 달콤한 케이크를 가지고 서 있다면 그것은 바로 기적일 테니까!

벨소리가 다시 들려왔다. 누군지 모르지만 참 쉽게 포기하지 않는 사람이었다. 도대체 누굴까?

퓌는 천장에 모빌을 달아 놓고 할머니와 함께 살금살금 문 쪽으로 다가갔다.

할머니가 살며시 문을 열자 문 앞에 키가 큰 사람이 서 있었다.

"안녕하세요? 제 이름은 리제입니다."

그가 인사를 했다. 리제 아저씨는 연녹색 바지와 노란색 재킷을 입고 파란색 모자에 색깔이 서로 다른 신발을 신고 있었다.

리제 아저씨가 그들 앞에서 인사를 하며 반갑다고 팔짝팔짝 뛰는 모습을 보며 퓌는 앵무새를 생각했다.

그리고 퓌는 자기 눈을 의심했다. 리제 아저씨가 두 손에 케이크를 들고 있었기 때문이었다. 케이크에는 자두잼으로 다음과 같이 씌어 있었다. '진심으로 영합니다. 제씨' 물론 원래대로 하자면 '진심으로 환영합니다, 리제씨' 였겠지만 아저씨가 '환' 자와 '리' 자가 씌어 있던 두 조각을 먹어치웠기 때문에 남은 글씨가 '진심으로 영합니다, 제씨' 였던 것이다.

"진심으로 환영합니다, 리제씨. 그런데 이 글자는 도대체 무슨 뜻이에요?"

할머니가 물었다.

리제 아저씨는 당황해서 얼굴이 빨개지면서 퓌의 두 팔에 얼른 케이크를 안겨 주었다.

"너무 배가 고파서 케이크 두 조각을 먼저 먹었거든요. '환' 과

'리' 가 씌어 있던 조각은 지금 제 뱃속에 있어요."

리제 아저씨가 솔직하게 말했다.

퓌가 리제 아저씨를 보고 웃자 아저씨는 멋적은 듯 다시 미소 지으며 계속 말했다.

"제가 이 집을 방문했을 때 누구든 기뻐할 수 있도록 빵집에서 케이크를 주문했던 거예요."

퓌는 고개를 끄덕였고 할머니는 맛있는 환영케이크만 계속 바라보셨다.

"그렇지만 저는 케이크를 가져왔는데도 외롭게 느껴져요. 그래서 묻고 싶은데요, 제가 이 동네에 이사온 게 기쁘세요?"

리제 아저씨가 물었다. 그런데 할머니는 그 말에는 대답도 하지 않으시고 이렇게 말씀하셨다.

"당신 신발이 짝짝이네요."

"저도 알아요. 아직 짐을 풀지 않아서 신발을 모두 꺼내지 못했거든요. 제 집은 아직도 할머니집 소파 밑처럼 어질러져 있어요."

할머니는 웃으며 퓌에게서 케이크를 빼앗듯이 받아 안으며 말씀하셨다.

"당신이 정말 우리 헴펠집안의 소파 밑이 어떤지 알고 싶으면

들어와 봐요."

리제 아저씨는 현관벨을 쳐다보았다. 거기에는 '헴펠집안. 네 번 누르세요' 라고 씌어 있었다.

"헴펠집안에 오신 걸 환영합니다."

퀴가 외쳤다. 리제 아저씨는 다시 얼굴이 빨개지더니 약간 흥분해서 거실로 성큼성큼 걸어 들어왔다. 퀴는 너무나 기뻤다.

"내 친구들은 나를 퀴라고 불러요."

그러자 할머니는 살짝 웃으시며 이렇게 말씀하셨다.

"그 애의 할머니만 빼고 친구들은 모두 그 애를 퀴라고 부른답니다."

리제 아저씨는 또다시 얼굴이 빨개졌다. 그러더니 퀴에게 물었다.

"나도 너를 퀴라고 불러도 되겠니?"

퀴는 고개를 끄덕이며 말했다.

"그러면 내가 아저씨를 키다리 아저씨라고 불러도 좋을까요? 왜냐하면 아저씨는 키가 크니까요."

"그럼, 내가 정말 크긴 크지."

*리제 아저씨가 말했다. 할머니는 서둘러 접시에 케이크를 담아 '제씨' 라고 씌어 있는 제일 큰 조각을 리제씨 앞에 놓으셨다.

그리고 입 안 가득 케이크를 물고 우물거리면서 말씀하셨다.(*리제는 독일어로 키가 크고 몸집도 큰 사람이라는 뜻이다.)

"정말 그렇구나."

퀴는 주위를 둘러보았다. 기적은 정말 일어났다. 할머니는 맛있게 케이크를 드셨고 햇살이 집안을 환하게 비추고 있었다. 그리고 퀴에게는 새로운 친구가 생겼다. 이 모든 것이 춤을 추고 싶을 만큼 좋았다. 키다리 아저씨는 퀴가 무슨 생각을 하는지 아는 것처럼 주머니에서 하모니카를 꺼내 소매에 쓱쓱 문지르며 물었다.

"내가 이 아름다운 분위기를 음악으로 표현하는 것을 반대하는 사람은 없겠지요?"

퀴는 들떠서 박수를 치면서 말했다.

"키다리 아저씨, 그거 좋은 생각이에요. 어서 해 보세요."

키다리 아저씨는 고개를 끄덕이고 나서 하모니카를 불기 시작했다. 아주 특별한 음악이 방안을 가득 채웠다.

세 사람은 기쁨에 겨워 서로 쳐다보며 즐거워했다. 퀴는 자리에서 일어나 춤을 추다가 음악에 맞춰 빙글빙글 돌기 시작했다. 할머니는 마법에라도 걸린 듯 박자에 맞춰 포크로 케이크 접시를 두드리셨다.

퀴는 손뼉을 치며 빙글빙글 돌면서 외쳤다.

“키다리 아저씨, 아저씨를 만나서 정말 좋아요.”

키다리 아저씨는 행복했고 세상은 최고로 좋아 보였다.

“놀라운 일이 일어났어!”

키다리 아저씨는 이제 커다란 구멍을 통해 새로운 세상을 보게 되었고 쥐도 함께 보게 되었다.

1계명

나는 주님, 너의 하느님!

너는 다른 신들을 내 곁에 두어서는 안 된다.

하느님의 형상을 만들어서는 안 된다.

하늘뿐 아니라

땅에서 그리고 바다에서 나오는

그 어떤 것으로도 우상을 만들어서는 안 된다.

그것들 앞에 엎드리지 말고 기도하지 말라.

퓌가 노래 부르다

키다리 아저씨는 가끔 텔레비전을 보았다. 그런데 어떤 때는 꼼짝도 않고 텔레비전에 몰두해서 퓌가 말을 걸어도 키다리 아저씨는 듣지 못했다.

특히 텔레비전에서 힘센 남자들끼리 싸움을 하는 장면이 나오면 키다리 아저씨는 마치 넋이 나간 사람처럼 화면을 뚫어지게 바라보면서 그렇게 힘센 사람이 되고 싶어했다.

퓌는 그럴 때 웃음이 나왔다. 왜냐하면 키다리 아저씨는 이미 힘이 센 사람이 되어 있는데도 매일 텔레비전만 보고 있어서 자기가 얼마나 힘센 사람인지를 모르고 있었기 때문이다. 어느 날 퓌는 키다리 아저씨와 함께 많은 사람들이 인라인 스케이트와 스케이트 보드를 즐기고 있는 공원에 가려고 했다. 그 공원 바로 옆에는 성당이 있어서 비가 올 때면 성당으로 들어가 비를 피할 수 있었기 때문에 사람들은 그 공원을 좋아했다. 퓌는 스케이트 보드를 옆에 끼고 키다리 아저씨에게 다가가서 말했다.

"가요, 키다리 아저씨. 바깥에 해가 떴어요. 인라인 스케이트를 신어 봐요. 그러면 키가 더 커질걸요?"

키다리 아저씨는 마치 성당 제대 앞에 앉아 있기라도 한 것처럼 텔레비전 앞에 앉아서 심지어 손까지 모으고 있었다. 아저씨는 퀴를 쳐다보지도 않고 시큰둥하게 중얼거렸다.

"흥미 없어."

텔레비전에서는 마침 인라인 스케이트와 스케이트 보드를 타고 있는 아이들이 나오는 영화가 방영되고 있었다. 키다리 아저씨는 영화를 보면서 레몬주스를 마시고 과자를 봉지째로 들고 먹으면서도 퀴에게는 조금도 주지 않았다.

퀴는 고개를 절레절레 흔들었다. 키다리 아저씨는 이상하게 변해 있었다. 퀴가 아는 키다리 아저씨는 레몬주스와 과자를 전혀 좋아하지 않았다. 아저씨는 원래 딸기우유만 마셨고 자두잼을 바른 버터빵을 쩝쩝 소리내며 맛있게 먹는 사람이었다.

도대체 아저씨에게 무슨 일이 일어난 걸까? 퀴는 마침내 그 이유를 알게 되었다. 텔레비전에서 레몬주스와 과자를 광고하고 있었던 것이다.

"이 레몬주스를 마셔 봐요. 그러면 하느님이 된 것 같은 기분이 들 거예요."

광고하는 여자가 말했다.

"이 과자를 먹어 봐요. 그러면 천사처럼 행복해질 거예요."

다른 여자가 말했다.

퓌는 조금 화가 났다. 키다리 아저씨는 퓌보다 텔레비전을 더 좋아하고 있었다. 퓌와 그렇게도 친한 친구 사이이면서 말이다. 퓌는 키다리 아저씨가 외로움을 느껴서 텔레비전만 보게 된 것이라고 생각했다.

투른슈 할머니는 하느님이 계시는 한 그 누구도 혼자가 아니라고 분명히 말씀하실 것이다. 그러나 키다리 아저씨는 다른 것을 하느님처럼 생각하게 되었다. 그런데도 본인은 그런 사실을 전혀 깨닫지 못하는 것 같았다.

퓌는 친한 친구인 키다리 아저씨를 도와야겠다고 생각했다. 그래서 재빨리 텔레비전 앞으로 가서 두 팔을 벌리고 노래했다.

"내가 만일 작은 새라면 바다 너머 저 멀리 날아갈 수 있을 텐데, 나는 새가 아니라서 집에 머물 수밖에 없어요."

그러고는 키다리 아저씨 주위를 빙글빙글 돌면서 갈매기 소리를 냈다.

"내가 만일 조랑말이라면 바다 건너 저 멀리 달려갈 수 있을 텐데, 나는 조랑말이 아니라서 집에 머물 수밖에 없어요."

이렇게 노래하며 퓌는 키다리 아저씨 주위를 조랑말처럼 뛰어다녔고 큰 소리로 말 울음소리까지 냈다.

"나는 어리석고 작은 인간이라서 집에 앉아 텔레비전으로 새와 말이 바다 건너로 가는 것을 볼 뿐이에요."

퀴는 노래를 끝내고 키다리 아저씨가 자기 노래의 뜻을 알아차리기를 기다렸다. 키다리 아저씨는 잠시 곰곰이 생각하더니 갑자기 과자를 멀찌감치 치우고 텔레비전 쪽으로 가서 스위치를 껐다. 마침내 알아들은 것이다. 그리고 고개를 저으며 현관으로 뛰어가서 인라인 스케이트를 들고 오더니 큰 거울 앞에 서서 거울 속에 비친 자신을 바라보며 말했다.

"너는 어쩌면 그렇게 어리석니? 너는 텔레비전에 빠져서 제일 친한 친구와 재미있게 놀지도 못할 뻔했어."

퀴와 키다리 아저씨는 웃으면서 밖으로 뛰어나갔다.

투른슈 할머니가 제일 좋아하는 그림

투른슈 할머니는 집을 더 아름답게 꾸미고 싶어하셨다.

"벌써 몇 년 째 우리 집에는 똑같은 그림만 걸려 있구나. 이제는 변화가 필요해."

벽난로 위에는 눈사람 그림이 걸려 있었는데, 벽난로에 불을 피울 때마다 퓌는 그림 속의 눈사람이 녹을까봐 걱정이 되었다. 소파 위에는 사과나무 그림이 걸려 있었는데, 가을이 되면 퓌는 소파에 앉고 싶지 않았다. 왜냐하면 사과가 떨어질까봐 두려웠기 때문이다.

창문 사이의 널찍한 벽에는 예수님 그림이 걸려 있었는데, 퓌는 예수님이 계속 자기를 쳐다보시는 것만 같았다.

투른슈 할머니의 텔레비전 위에는 퓌의 사진이 걸려 있었는데, 그 사진 속의 퓌는 아주 작은 꼬마였고 뾰로통한 얼굴로 빨래더미 위에 앉아 있었다.

퓌와 키다리 아저씨는 할머니가 집을 새로 꾸미시는 것을 도와드리려고 그림을 그리고 신문에서 사진을 오렸다.

키다리 아저씨는 예쁜 선풍기 그림을 그렸다. 그는 자기가 그린 그림이 아주 훌륭하다고 생각했으며 너무나 뿌듯한 나머지 그림을 들고 뛰어다니면서 선풍기처럼 바람을 일으켰다.

"이게 바로 초대형 선풍기가 아니고 뭐겠어? 이 시대 최고의 선풍기야. 꼭 바람을 발명해내기라도 한 것처럼 이렇게 바람을 만들잖아."

키다리 아저씨가 행복하게 외치고 나서 선풍기 그림을 예수님 그림 옆에 걸어 보이면서 신이 나서 물었다.

"어때요?"

"아니야, 아니야. 선풍기 그림은 거기에 어울리지 않아."

할머니의 말씀에 선풍기를 그리느라고 굉장히 애를 썼던 키다리 아저씨는 무척 실망하고 말았다.

"그렇지만 나한테 좋은 생각이 있어. 이 선풍기 그림을 눈사람 그림 옆에 걸어두는 거야."

할머니가 말씀하셨다.

"좋아요. 그렇게 하면 눈사람이 녹을까봐 걱정할 필요가 없잖아요. 선풍기가 옆에서 시원하게 해 줄 테니까요."

퀴가 말했다.

그제서야 키다리 아저씨는 만족스러워했고 눈사람 그림 옆에 못을 박고 선풍기 그림을 걸었다.

퀴는 금빛 보물상자를 그려서 창가로 가져가 예수님 그림 옆에 걸고 싶었다.

"아니야, 아니야, 펠리치따스. 그 옆에는 보물상자가 어울리지 않아."

할머니의 말씀에 퀴도 실망했다. 왜냐하면 퀴는 보물상자를 그리려고 많은 노력을 했고 그러느라 노란색 색연필을 거의 다 써버렸기 때문이었다.

할머니에게는 다른 좋은 생각이 있었다.

"내게 좋은 생각이 있단다. 이 보물상자 그림을 사과나무 그림 밑에 거는 거야. 그러면 가을이 되어도 사과가 머리 위로 떨어질까봐 걱정을 할 필요가 없지 않겠니?"

"좋아요."

퀴가 웃으면서 말했다.

"그러면 사과는 전부 금빛 상자 속으로 떨어지겠네요. 사과가 모두 보물이 되는 거네요."

퀴는 재빨리 보물상자 그림을 소파 위에 걸었다. 할머니는 또 한 가지 놀라운 것을 준비하셨다. 키다리 아저씨의 사진을 사진틀에 넣은 것이다. 그 사진의 키다리 아저씨는 어린아이였고 사람들에게 장난스럽게 코를 내밀고 있었다. 할머니는 그 사진도 예수님 옆에 걸고 싶지 않으셨다. 예수님은 영예로운 자리를 차지하셨고 앞으로도 계속 그 자리에 계셔야 한다고 생각하신 것이다. 할머니는 어린 키다리 아저씨 사진을 퓌가 혼자서 뾰로통하지 않도록 어린 퓌의 사진 옆에 걸어 놓으셨다. 그런 다음 투른슈 할머니는 집을 둘러보셨다. 많은 것을 바꾸지 않아도 집은 아름답게 꾸며졌고 그래서 더 만족스러웠다.

"나는 너희 두 사람이 정말 고맙구나."

할머니는 웃으면서 퓌와 키다리 아저씨에게 말씀하셨다.

"너희들 덕분에 나는 세상이 처음 창조되었을 때의 질서를 발견했단다."

키다리 아저씨는 행복했고 세상은 최고로 좋아 보였다.

"놀라운 일이 일어났어!"

키다리 아저씨는 이제 커다란 구멍을 통해 새로운 세상을 보게 되었고 퓌도 함께 보게 되었다.

하느님처럼 하면 안 돼?

투른슈 외할머니는 모두 함께 변장을 하고 공원에 가고 싶어하셨다. 할머니는 아주 예쁜 무당벌레 옷을 가지고 있었는데 그 옷이 너무나 입고 싶어서 축제 때까지 도저히 기다릴 수 없으셨다. 할머니는 될 수 있으면 자주 그 옷을 입고 싶으셨기 때문에 친구들을 초대해 함께 변장을 하고 공원에 가기를 원하신 것이다. 공원에서 아이스크림을 사 먹고 그들을 보고 미소짓는 사람들에게 눈인사를 하고 싶으셨던 것이다.

퓌와 키다리 아저씨는 도시를 흘러나온 강이 더 넓은 강과 만나는 곳에 다다랐다. 퓌는 변장을 하고 투른슈 할머니와 만나기 전에 편지를 써서 빈 병에 넣어 먼 세상으로 이야기를 전하고 싶었다. 그래서 편지를 담은 병이 넓은 강으로 흘러들어갈 수 있는 지점을 찾는 중이었다.

키다리 아저씨는 하느님처럼 변장하고 싶다고 했다. 그것은 키다리 아저씨만이 할 수 있는 생각이었다. 그러나 퓌는 고개를 살래 살래 흔들었다.

"사람이 하느님처럼 변장을 하고 행렬하면 안 돼요."

퀴가 말했다.

“왜 사람이 하느님 모습으로 변장을 하고 행렬하면 안 되니?”

키다리 아저씨가 이상하다는 표정으로 물었다. 퀴는 쐐기풀에 찔리지 않도록 조심하며 경사진 길을 내려가다가 뒤돌아서서 말했다.

“사람이 하느님을 우스꽝스럽게 만들면 안 돼요. 사람은 하느님께 감사해야 하고 하느님께 기도해야 해요. 사람은 그분과 비슷해질 수도 없고 그분을 흉내내서도 안 돼요.”

키다리 아저씨는 퀴의 뒤를 너무 바짝 따라 가다가 돌아서는 퀴와 부딪칠 뻔했다.

“나쁜 뜻으로 그렇게 하려는 건 아니야. 나는 가장행렬을 할 때 아주 진지하게 할 거야. 절대로 장난을 치지 않을 거야.”

키다리 아저씨가 변명하듯 말했다.

퀴는 키다리 아저씨의 말에 웃음이 나오는 걸 참고 몸을 돌려 계속 강가로 조심스럽게 내려갔다.

“아저씨는 그렇게 하지 못할걸요? 아저씨는 원하든 원하지 않든 늘 장난을 치잖아요. 그리고 도대체 누가 하느님은 항상 진지하신 분이라고 아저씨한테 말했어요?”

퀴가 말했다.

키다리 아저씨는 잠시 멈춰 서서 민들레를 꺾어 들고 입김을 훅 불었다. 민들레 씨앗들이 흩날리는 모습은 마치 불꽃놀이를 할 때 불꽃이 터지는 것처럼 보였고, 아주 작은 사람들이 낙하산을 타고 땅으로 내려오는 것처럼 보이기도 했다.

퀴는 강가에 다다랐고 조심스럽게 내려갔다. 왜냐하면 강가에 진흙이 있어 미끄러웠기 때문이다.

"나는 하느님이 어떻게 생겼는지 모르지만 그냥 하느님이 예수님의 아버지니까 예수님과 조금 비슷할 거라고 생각했어."

키다리 아저씨는 약간 울먹거리며 말했다.

"할머니께서 하느님은 우리 마음속에 계시기 때문에 어떤 그림이나 조각상으로 하느님 모양을 만들어서는 안 된다고 말씀하셨어요. 만들어 봐야 별로 비슷하지도 않을 거예요."

키다리 아저씨는 퀴에게 편지가 들어 있는 병을 건네주었다. 그리고 투른슈 할머니와 함께 갈 가장행렬에 어떤 변장을 할 것인지 다시 생각했다.

"생각해 보세요. 아저씨가 원하지 않는데 사람들이 아저씨처럼 변장을 하고 다닌다고 상상해 봐요."

퀴가 계속해서 말했다.

"그러면 정말 화가 날 거야. 나는 장난은 이해할 수 있지만 나를 모욕하는 것은 받아들일 수 없어."

키다리 아저씨는 흥분해서 말했다. 그러더니 아저씨는 갑자기 바닥에서 막대기를 하나 집어서 마치 칼처럼 그것을 퀴를 향해 겨누면서 말했다.

"누구든 나를 모욕하려고 나처럼 변장하는 녀석이 있다면 나는 텔레비전에 나오는 흑기사처럼 그 녀석을 가만두지 않을 거야."

퀴는 또 웃음이 나왔다. 왜냐하면 흑기사처럼 차려 입은 키다리 아저씨가 머릿속에 떠올랐기 때문이다.

퀴는 작은 폭포를 바라보았다. 물은 아래로 빠르게 후두두 떨어지면서 근처에 있는 것들을 세차게 내리쳤다. 퀴는 편지가 담긴 병을 물살이 가장 빠른 지점에 던져야 했다. 그래야만 병이 잘 떠내려 갈 것이기 때문이었다. 퀴는 프로펠러처럼 팔을 돌리다가 강물 속으로 병을 힘껏 내던졌다. 편지가 담긴 병은 큰 곡선을 그리며 강 한가운데로 떨어진 다음 물속에 잠겼다가 바로 물 위로 떠오르더니 저 멀리 어디론가 떠내려갔다.

"나는 흑기사처럼 변장을 하고 싶어."

키다리 아저씨는 떠내려가는 병을 바라보며 말했다.

"나는 세상으로 나가서 불의와 기아를 없애기 위해 앞장서서 싸울 거야."

그러고 나서 키다리 아저씨는 가방에서 자두잼 바른 빵을 꺼내 한 입 베어 먹었다. 퀴는 자기가 던진 병을 향해 손을 흔들면서 누가 첫 번째로 병 속에 담긴 편지를 읽게 될지 궁금했다.

마침내 퀴는 키다리 아저씨의 어깨를 두드리며 말했다.

"아저씨, 잘 생각했어요."

키다리 아저씨를 뒤에 남겨둔 채 퀴는 다시 강둑으로 올라갔다.

키다리 아저씨는 행복했고 세상은 최고로 좋아 보였다.

"놀라운 일이 일어났어!"

키다리 아저씨는 이제 커다란 구멍을 통해 새로운 세상을 보게 되었고 퀴도 함께 보게 되었다.

뀌는 다음과 같은 사연을 편지에 써서 강물에 흘려보냈다.

병 속에 담긴 편지

오늘 바람이 많이 불었어요.
나뭇잎이 공중에서 빙글빙글 돌다가
우리 집 차고 앞에 떨어졌어요.
키다리 아저씨와 나는
사람들이 다니는 길을 빗자루로 쓸고 있었어요.
"편지 왔네."
키다리 아저씨는 이렇게 말하며
떨어지는 나뭇잎 하나를 잡았어요.
"편지에 뭐라고 씌어 있어요?"
내가 물었어요.
"가을이 곧 시작될 거라고 씌어 있구나."
키다리 아저씨가 말했어요.

오, 하느님
도대체
이게 하느님과
무슨
상관이야?

2계명

너의 주인이신 하느님의 이름을 함부로 부르지 말라.

키다리 아저씨는 더 좋은 사람이 되고 싶어한다

키다리 아저씨는 더 좋은 사람이 되기로 결심했다. 그는 퓌와 함께 슈퍼마켓에서 장을 보고 나왔다. 소나기가 내리고 있어서 퓌는 아저씨에게 모자를 머리에 씌워 달라고 부탁했다. 왜냐하면 퓌는 양손에 장바구니를 들고 있었기 때문이다.

"넌 정말 예쁜 모자 달린 코트를 입었구나!"

키다리 아저씨는 감탄하면서 얼굴이 빨개졌다.

"왜 그렇게 얼굴이 빨개졌어요?"

퓌는 쏟아지는 비를 바라보면서 물었다.

"나도 너처럼 예쁜 코트를 갖고 싶어. 특히 지금처럼 비가 올 땐 정말 모자 달린 너의 코트가 내 것이라면 좋겠어. 그렇지만 그건 십계명의 열 번째 계명을 어기는 거잖아."

키다리 아저씨가 말했다. 그리고 점퍼주머니에서 책 한 권을 꺼내더니 퓌 앞에서 읽었다.

"너는 너의 이웃에 속한 것을 탐내서는 안 된다. 그의 집이든, 그의 재산이든, 가축이든 그 밖의 무엇이든지 네 이웃의 것이라면 탐내서는 안 된다."

두 사람은 소나기가 그치기를 기다리며 서 있었다.

"우리는 완벽하지 않아요. 나도 가끔은 아저씨의 푸른 모자를 가지고 싶을 때가 있어요. 그리고 내가 만나는 사람이 나보다 더 똑똑하고 더 예쁠 수도 있다는 것을 깨달아야 하구요."

그러자 키다리 아저씨는 자기가 쓰고 있는 푸른 모자를 만지작거리며 이렇게 말했다.

"내가 그런 사람이라면 좋겠어. 너보다 똑똑하고 너보다 아름다운 사람이 바로 나였으면 좋겠어."

퓌가 장바구니의 바나나 개수를 세고 있을 때 키다리 아저씨는 바나나 한 개를 몰래 꺼내 껍질을 벗기고 한 입 베어 먹었다. 키다리 아저씨는 바나나를 한 입 가득 물고 말했다.

"나는 더 좋은 사람이 될 수 있을 것 같아. 나는 착한 일을 더 많이 하고 싶고 모두에게 기쁨이 되고 싶어."

퓌는 한숨을 내쉬었다. 키다리 아저씨는 늘 허풍만 떨었다.

"내가 지금 원하는 것은 아저씨가 바나나를 슬쩍하기 전에 저한테 물어보는 거예요. 이 바나나는 할머니가 바나나 케이크를 만드실 건데 거기에 꼭 필요한 만큼만 샀단 말이에요."

키다리 아저씨는 먹다 남은 바나나를 내려다 보면서도 차마 그것을 마저 먹을 수가 없었다.

"이런! 아니, 내가 무슨 짓을 한 거야? 이건 일곱 번째 계명인 '도둑질을 하지 말라'를 어긴 거잖아? 난 정말 부끄러워."

키다리 아저씨는 울먹이며 말했다.

퓌는 머리를 절레절레 흔들었다. 그러자 퓌의 모자에서 물방울이 튕겨 나가 키다리 아저씨의 옷을 적셨다.

"더 정확히 말하자면 나는 여덟 번째 계명 '거짓말을 하지 말라'를 어긴 거야. 왜냐하면 내가 더 좋은 사람이 되겠다고 말해 놓고 잘못을 저질러서 너를 속이고 말았으니까."

키다리 아저씨는 금방 울음이 터질 듯이 흐느끼며 말했다.

퓌는 키다리 아저씨에게 간절히 말하고 싶었다. 하느님은 자비로우신 분이라 우리가 잘못을 해도 용서하시고 우리에게 언제나 좋은 일만 있기를 바라신다는 것을.

그러나 키다리 아저씨는 자신이 저지른 잘못을 너무나 깊이 자책하고 있었다.

"오, 하느님. 오, 하느님. 나는 십계명을 더 엄격히 지켜야 해. 그래야만 확실하게 하늘나라에 갈 수 있어."

키다리 아저씨가 중얼거렸다.

그리고 키다리 아저씨는 얼굴이 빨개져서 왼쪽 귀에 꽂아두었던 몽당연필을 들고 무언가를 공책에 적기 시작했다.

"7월 18일, 파더본에 비가 내렸다. 나는 아까 '오, 하느님. 오, 하느님' 이라고 말해서 두 번째 계명인 '하느님의 이름을 함부로 부르지 말라' 를 두 번이나 어겼다."

"오, 하느님. 오, 하느님."

퓌도 무심코 말했다.

"아저씨, 모든 일을 너무 심각하게 받아들이는 거 아니에요?"

키다리 아저씨는 다시 가방에서 공책을 꺼내 몽당연필로 이렇게 적었다.

"퓌도 오늘 '오, 하느님. 오, 하느님' 이라고 말했기 때문에 두 번째 계명을 어겼다."

퓌는 자신의 귀를 의심했다. 더 이상 키다리 아저씨를 참을 수가 없었다. 마침내 비가 그쳤다. 퓌는 키다리 아저씨를 남겨둔 채 슈퍼마켓 문 앞 작은 물웅덩이를 뛰어넘어 집으로 향했다.

"나 혼자 두고 가지 마!"

키다리 아저씨가 외쳤다.

"따지고 보면 너는 약속을 지키라고 한 여섯 번째 계명을 어긴 거야."

퓌는 뒤돌아보고 말했다.

"그렇지만 갑자기 모든 것을 십계명과 연결시켜서 심각하게 받아들이는 것도 잘못 하는 거 아니에요?"

퓌는 양팔에 무거운 장바구니를 들고 뛰었다. 키다리 아저씨는 자기 문제에 너무 열중한 나머지 퓌를 도와야 한다는 생각을 미처 하지 못했다.

퓌는 마침내 집에 도착했고 코트를 벗은 다음 장바구니를 할머니께 갖다드렸다.

퓌는 키다리 아저씨가 먼저 도착해서 소파에 앉아 있고 할머니가 아저씨의 젖은 머리를 말려주는 것을 보았지만 기분이 나쁘지는 않았다. 키다리 아저씨는 집으로 향하는 길을 햄스터처럼 빠르게 뛰어왔을 것이다.

"미안해."

키다리 아저씨는 헤어드라이어 소리가 나는 가운데 큰 소리로 말했다. 할머니는 헤어드라이어를 껐고 퓌는 장바구니를 식탁 위에 올려놓았다.

"뭐가 미안하다는 거예요?"

퓌는 장바구니를 풀면서 물었다.

"나는 늘 너무 지나쳐. 나는 더 이상 내 생각만 하지 않고 이제부터는 하느님께 나를 온전히 맡길 거야. 그리고 내가 하는 일이 절대로 부끄럽지 않도록 살 거야."

키다리 아저씨가 말했다.

투른슈 할머니는 두 사람이 무슨 말을 하는지 이해할 수 없어서 어깨를 으쓱했다.

퓌와 키다리 아저씨는 아무 말도 하지 않았다. 밖에서는 다시 비가 세차게 내리고 있었다. 잠시 후 퓌는 키다리 아저씨를 바라보았고 아저씨도 퓌를 바라보았다. 두 사람은 서로 미소를 지었고 그들 사이는 다시 좋아졌다. 할머니는 싸움이 지나갔다고 느꼈고 헤어드라이어를 다시 켜서 키다리 아저씨의 머리를 말려주었다. 모든 것이 평화로웠다.

키다리 아저씨는 행복했고 세상은 최고로 좋아 보였다.

"놀라운 일이 일어났어!"

키다리 아저씨는 이제 커다란 구멍을 통해 새로운 세상을 보게 되었고 퓌도 함께 보게 되었다.

일요일
토요일
금요일
목요일
수요일
화요일
월요일

3계명

일곱 번째 날인 주님의 날을 거룩하게 지켜라.

글쓰기숙제

퓌는 글쓰기숙제를 했다. '일요일은 왜 그렇게 아름다운가?' 라는 제목으로 숙제를 시작했다.

일요일엔 언제나 해가 뜨지만 해가 뜨지 않아도 일요일이다.

일요일에 가끔은 비가 내린다. 그러면 나는 창밖을 내다보며 내가 비에 흠뻑 젖는 상상을 한다.

일요일에는 세상이 쉰다. 세상이 쉬지 않는 일요일은 리보리 서커스단이 왔을 때이다.

일요일에 아빠는 텔레비전에서 자동차 경주를 보곤 한다. 나는 자동차 경주를 좋아하지 않지만 이따금 아빠 옆에 앉아 열심히 보곤 한다.

7월 첫주 일요일에는 큰 비누축제가 열려서 비누를 나누어준다. 그러면 아빠는 아빠의 딸이 비누를 받으려고 얼마나 빨리 모퉁이를 돌아 뛰어다니는지를 볼 수 있다.

우리 이웃 파울슨씨는 의사이고 일요일에 일을 할 때도 있다. 그분의 아들 빌리는 자기 아빠가 일요일에 일을 하면 월요일에 쉬기 때문에 월요일을 마치 일요일처럼 보낸다고 내게 말해 주었다.

만약 월요일이 주일이라면 첫 수업일은 화요일이 될 것이고 그러면 주말이 금방 올 것이다.

할머니는 십자가를 걸어놓고 계신데 주일에는 그 십자가를 꽃으로 장식하신다. 그렇게 하면 예수님은 우리가 예수님을 생각한다는 것을 아실 것이다.

키다리 아저씨는 일요일에 늦잠 자는 것을 좋아하지만 이번에 우리 반이 어린이 미사 때 연극 공연을 하는 것을 알기 때문에 그것을 보려고 나와 함께 갔다.

일요일엔 편지가 배달되지 않는다. 왜냐하면 집배원 아저씨가 일하지 않고 성당에 오기 때문이다. 사실 집배원 아저씨는 우편물을 성당으로 가지고 올 수도 있을 것이다. 모든 사람들이 성당에 온다면 집배원 아저씨가 우편물을 성당에서 전해 줄 수 있어서 참 좋을 텐데. 얼마나 효율적인가.

봄에 나는 가끔 꽃을 꺾어 엄마를 위한 화관을 만든다. 엄마가 그 화관을 쓰면 아빠는 그 모습을 사진에 담는다.

겨울에 나는 아빠와 눈사람 가족을 만든다. 그러면 우리 집 정원은 아빠 눈사람, 엄마 눈사람, 그리고 세 개의 아이 눈사람이 서 있는 전시장이 된다. 나는 그 옆에 이렇게 쓴 푯말을 세운다.

'멋진 눈사람 전시장. 한 번 보는 데 10센트!'

일요일에 나는 나의 햄스터를 더 오래 쓰다듬어 준다.

일요일에 우리는 성당에 가서 촛불을 켠다. 그리고 침묵 속에서 이 날 우리와 함께 있지 않은 모든 사람을 생각한다. 가끔은 촛불이 너무나 강하게 흔들리는 것을 보며 우리의 생각이 바람처럼 강하다고 생각한다.

하느님은 6일 동안 세상을 만들어 완성하셨고 일곱 번째 날에는 쉬기로 결정하셨다. 참 현명하신 하느님이다.

일요일에는 케이크 맛이 유난히 좋다. 운이 좋을 땐 엄마가 케이크를 굽고 나는 그 위에 생크림을 뿌린다.

어느 날인가 나는 그물침대에 누워 두 마리의 고슴도치가 춤추는 것을 지켜보았다. 나는 생각했다. '오늘은 꼭 일요일 같다.' 그런데 그 날은 너무나 일요일 같은 화요일이었다.

일요일에 나는 그물침대에 누워 있기를 좋아한다.

가끔은 하늘로 팔을 뻗어본다. 그러면 하느님이 내 곁에 계신다는 것을 느낀다.

일요일은 너무나 아름답기 때문에 숙제 같은 일로 망칠 수 없다. 그래서 나는 이 글쓰기숙제를 월요일에 썼고 화요일이 되어서야 읽을 수 있었다.

두른슈 할머니의 메모

1. 다음 생일에 새 운동화를 선물로 받고 싶다.
2. 다시는 컴퓨터 강의를 빼먹지 않는다.
3. 자두잼 사는 걸 잊지 않는다.
4. 펠리치따스의 햄스터에게 민들레를 꺾어다 준다.
5. 키다리에게 태권도 기술을 보여준다.
6. 펠리치따스에게 재미있는 이야기를 한 가지 들려 달라고 한다.
7. 일요일에 내가 잘 지내는 것을 하느님께 감사한다.

4계명

너의 부모를 공경하라.

키다리 아저씨와 퀴가 수영을 하러 가다

키다리 아저씨는 수영을 하러 가려고 퀴와 함께 집에서 나왔다. 퀴가 엄마와 작별할 때 뽀뽀를 하며 '엄마야, 안녕' 하고 속삭이는 것을 키다리 아저씨는 신기한 듯이 지켜보았다.

"왜 너는 엄마에게 '엄마야' 라고 하니?"

키다리 아저씨가 나중에 물었다.

"내가 엄마를 좋아하기 때문이에요."

퀴는 2인용 자전거에 올라타면서 대답했다.

"그렇다면 엄마에게 '세상에서 가장 사랑하는 엄마야' 라고 말하는 게 어떻겠니? 그렇게 말하면 네가 엄마를 얼마나 사랑하는지 더 잘 아시지 않을까?"

퀴는 웃으며 "이랏!" 하고 외쳤고 키다리 아저씨는 앞자리에서 페달을 밟기 시작했다.

"너무 지나칠 필요는 없어요. 나는 가끔 엄마를 '루' 라고 불러요. 엄마이름이 루이제거든요. 그래도 엄마는 내가 엄마를 얼마나 사랑하는지 알아요."

키다리 아저씨는 페달밟기를 멈추고 숨을 깊게 들이마신 후에 점퍼주머니에서 자두잼 바른 버터빵을 꺼냈다.

"엄마한테 '자두잼 바른 버터빵은 정말 맛있어요' 라고 말해 봐. 그러면 너의 엄마는 무척 행복해하실 거야."

자두잼 바른 버터빵을 세상에서 가장 좋아하는 키다리 아저씨가 말했다.

퀴는 자전거 뒤에서 튜브공을 불다가 잠시 쉬면서 말했다.

"나는 가끔 아빠를 '내가 가장 아끼는 스웨터' 라고 불러요. 왜냐하면 아빠는 이따금 내가 아주 편안해질 때까지 나를 오랫동안 팔로 감싸고 안아주기 때문이에요."

"그러면 너는 엄마 아빠에게 항상 착하게 굴기만 하니?"

키다리 아저씨는 궁금한 듯이 그렇게 물으면서 자두잼 바른 버터빵을 한 입 베어 물었다.

퀴는 자기가 가끔 엄마 앞에서 꾀를 부리곤 한 것을 생각했다. 예를 들면 자기 방을 치우기보다는 키다리 아저씨와 수영하러 가고 싶어했고 아이스크림 먹는 것을 더 좋아했다.

투른슈 할머니는 하느님께서 우리가 부모님을 공경하기를 원하신다고 말씀하셨다. 그렇지만 그게 쉽지만은 않았다.

퀴가 마침내 입을 열었다.

"거의 언제나 부모님에게 착하게 굴지만, 항상 그렇게 하지는

못해요.”

그러자 키다리 아저씨는 자전거를 실내 풀장 방향으로 몰고 가면서 이런 말을 했다.

“우리가 부모님에게 할 수 있는 가장 아름다운 말을 모아 보자. 그러면 우린 부모님과 아주 잘 지낼 수 있을 거야.”

“맞아요. 정말 재미있을 거예요.”

퀴는 잠시 생각한 다음 이렇게 말했다.

“아빠에게 ‘세상에서 장난감을 제일 잘 고쳐주는 사람’이라고 말하면 아빠는 기뻐하며 내 장난감을 고쳐줄지도 몰라요.”

키다리 아저씨가 말할 차례였다.

“나는 딸기우유를 정말 좋아하고 자두잼을 빵에 발라 맛있게 먹잖아? 그런데 너의 엄마는 나를 위해서 언제나 딸기우유와 자두잼을 만들어 주시니까 나는 너의 엄마에게 ‘훌륭한 딸기우유 만드는 사람’, 또 ‘훌륭한 자두잼 만드는 사람’이라고 불러드리고 싶어.”

“그리고 나는 엄마를 ‘달콤한 아침을 여는 사람’이라고 부르겠어요.”

퀴가 말했다.

“왜냐하면 엄마는 매일 아침 나를 부드럽게 깨워주시니까요.”

"그리고 나는 너의 아빠를 '세상에서 가장 훌륭한 옛날이야기꾼' 이라고 부르겠어. 너의 아빠는 언제나 정말 재미있는 옛날이야기를 들려주시니까."

그런 식으로 퀴와 키다리 아저씨는 부모님에게 할 수 있는 아주 많은 좋은 말들을 찾아냈고, 그런 말로 부모님을 사랑하는 마음을 표현할 수 있을 것이라 생각했다.

마침내 실내 풀장에 도착했는데 키다리 아저씨가 갑자기 배낭을 뒤적거리기 시작했다.

"왜 그래요?"

"어떻게 하지? 깜빡 잊고 수영튜브를 안 가지고 왔어."

키다리 아저씨가 실망하며 말했다.

퀴는 웃으면서 재빨리 자기 배낭 속에서 수영튜브 두 개를 꺼냈다.

"정말 다행스럽게도 아주 세심한 사람이 아저씨의 수영튜브를 생각했고 아저씨를 대신해서 이렇게 가져왔죠."

키다리 아저씨는 행복했고 세상은 최고로 좋아 보였다.

"놀라운 일이 일어났어!"

키다리 아저씨가 낮은 목소리로 속삭였다. 그는 이제 커다란 구멍을 통해 새로운 세상을 보게 되었고 퀴도 함께 보게 되었다.

퓌의 날

"어머니날도 있고 아버지날도 있는데, 왜 나 같은 어린이를 위한 퓌의 날은 없는 거죠?"

퓌가 말했다.

"너는 아빠 엄마를 공경해야 돼."

퓌의 아빠가 웃으며 말했다.

"평소에 말썽을 많이 일으키잖아."

퓌의 아빠는 퓌와 키다리 아저씨를 번갈아 쳐다보았다. 아빠는 키다리 아저씨도 어린이로 생각하는 것 같았다.

"그게 정확히 무슨 뜻이에요? 어떻게 부모님을 공경하나요?"

키다리 아저씨가 물었다.

텔레비전을 보고 있던 퓌의 아빠는 잠깐 고개를 돌리고 이렇게 말했다.

"엄마 아빠는 아이들과 자주 놀아 주잖니? 그러니까 아빠가 한 번쯤은 조용히 텔레비전을 볼 수 있도록 해 주는 게 부모님을 공경하는 거야."

퓌는 고개를 저으며 말했다.

"도대체 누가 나랑 놀아 주었단 말이에요? 아빠는 집에 오면 언제나 피곤하다고 했으면서…."

뛰의 엄마가 거실로 오면서 뛰가 하는 말을 듣고 이렇게 말했다.

"지금 네가 한 말은 옳지 않단다. 아빠는 우리 가족이 이렇게 아름다운 집에서 살 수 있도록 또 너에게 맛있는 걸 많이 사 주기 위해서 열심히 일하시거든."

키다리 아저씨는 '맛있는 거' 라는 말을 듣자 갑자기 자두잼 바른 버터빵이 너무나도 먹고 싶어졌다. 그리고 어린이들이 부모님을 공경해야 한다면 어른들도 어린이를 존중해야 한다, 그러니까 자두잼 바른 버터빵을 만들어 주어야 한다고 생각했지만 차마 그렇게 말할 수는 없었다.

뛰의 엄마는 키다리 아저씨가 무슨 생각을 하는지 알고 있다는 듯이 이렇게 말했다.

"키다리 아저씨, 저녁식사하고 갈 거죠?"

뛰의 엄마가 하는 말을 듣자 뛰의 아빠가 텔레비전을 껐고 모두 함께 식탁에 앉았다. 뛰는 다시 그 이야기를 계속 했다.

"뛰의 날이 있어야 해요. 그래야 내가 그날 엄마 아빠한테 하고 싶은 대로 어리광을 피우죠."

"맞아."

키다리 아저씨가 맞장구를 치면서 자두잼 바른 버터빵을 한 입 베어 먹었다.

퀴의 아빠는 스포츠 면을 읽으려고 막 신문을 펼치다가 다시 접고 말했다.

"내가 지금 무슨 말을 들은 걸까? 퀴야, 생각해 봐. 매일매일이 퀴의 날이잖니? 엄마는 매일 아침 너를 깨우고 식탁에는 언제나 맛있는 아침식사가 차려져 있잖니? 네가 아프면 엄마 아빠는 밤새 네 옆에서 잠도 못 자고 너를 간호해 준단다. 그리고 우리가 성당에 가서 기도를 할 때 항상 너를 위해 기도를 하지. 아빠는 너를 데리고 미용실에 가고, 치과에 가면 네 손을 잡아 주잖니? 아빠는 우리 딸에게 아이스크림을 자주 사 주어야겠다고 생각한단다. 이건 모두 엄마 아빠가 너를 사랑하고 네가 행복하기를 바라기 때문에 그렇게 하는 거란다. 그런데 또 특별한 퀴의 날을 만들고 네 어리광을 받아달라는 말이니?"

퀴는 생각했다. 아버지의 날이나 어머니의 날이 오면 아이들은 부모님을 공경한다. 그 때 아이들은 부모님을 푹 주무시도록 내버려 두어야 하고 아침 식사를 만들어 드리고 엄마가 여러 번 말하기 전에 알아서 자기 방을 정리해야 한다. 그렇게 해야 어린이들은 평소에 부모님이 자기들을 돌보는 것과 똑같이 부모님에게 해 드리는 것이다.

아빠의 말이 옳았다. 퀴는 정말 행복하게 살고 있었고 퀴의 부모님이 퀴를 정말 사랑한다는 것을 알고 감사할 수 있었다.

"아빠 말씀이 옳아요."

퀴가 아빠에게 말했다.

"사실 매일매일이 퀴의 날이에요. 그리고 어떤 날에는 제 어리광을 받아준다는 것도 알아요."

퀴는 주위를 둘러보며 속삭이듯 말했다.

"엄마 아빠가 나를 위해 많은 것을 해 주시는 것은 사실이에요. 나는 단지 어떤 특별한 날에는 서로를 위해 많은 시간을 내서 뭔가 좋은 일을 하고 싶은 거예요."

퀴의 아빠는 신문 너머로 퀴를 바라보면서 고개를 갸우뚱하며 물었다.

"서로를 위해 시간을 내서 뭘 한다는 거니?"

"아주 쉬워요. 그런 날에는 텔레비전을 보지 말고 아빠는 신문 뒤로 숨지 말고 우리는 마주 보면서 뭔가 의미 있는 일을 하는 거예요."

"바로 그거야."

키다리 아저씨가 입 안 가득 빵을 물고 외쳤다.

"우리가 투른슈 할머니를 방문해서 함께 뱃놀이를 하는 겁니다."

"맞아요."

퓌가 신이 나서 말했다.

"퓌의 날을 할머니의 날로 만드는 거예요. 그리고 할머니와 많은 시간을 보내면 정말 재미있을 거예요."

퓌의 엄마와 아빠는 서로를 바라보며 고개를 끄덕였다. 그들은 이제 퓌의 생각을 알아차린 것이다.

"더 좋은 방법은 이 불쌍한 키다리 아저씨를 소풍가는 데 초대하는 거야."

키다리 아저씨가 외쳤다.

엄마 아빠의 목록

퓌의 엄마 아빠가 퓌에게 원하는 것

퓌는 저녁에 놀이 장난감을 치우기

퓌는 과자만 먹지 말기

퓌는 길거리에서 차 조심하기

퓌는 게으름 피우지 않기

퓌는 아빠가 피곤할 때 아빠가 쉬도록 내버려 두기

퓌는 이를 잘 닦기

퓌는 시간이 되면 투덜대지 않고 자러 가기

퓌는 학교생활 잘 하기

퓌의 목록

내가 우리 엄마 아빠에게 바라는 것

스포츠 뉴스를 하는 시간이라도 내가 보고 싶은 프로그램을 볼 수 있게 하기

엄마 아빠 싸우지 말기

아빠는 자전거를 탈 때 다치지 않도록 헬멧을 쓰기

엄마는 주일마다 성당에 갈 때 나에게 바보 같은 푸른 원피스를 입히지 않기. 그것이 아무리 귀여워 보여도 나는 귀엽게 보이는 것을 원하지 않음

아빠는 우리와 더 자주 휴가를 떠나기

아빠는 내가 키다리 아저씨에게 승마를 가르쳐 줄 수 있도록 말을 한 마리 사 주기

엄마는 나의 소망을 비웃지 말기

5계명

사람을 죽이지 말라.

조심해라!

퀴는 엄마와 함께 정원에 앉아서 햄스터가 오이조각을 갉아 먹는 것을 지켜보았다.

이 두 마리의 털북숭이 동물은 우리에서 나와 부드러운 풀밭에서 기지개를 켜며 아주 좋아했다. 그런데 햄스터의 물통에는 파리가 한 마리 빠져서 살려고 버둥거리고 있었다.

"물에서 파리를 건져내야지. 아직 살아 있잖니!"

퀴의 엄마는 회색 햄스터 미키를 쓰다듬으며 말했다.

"어떻게 해야 돼요?"

퀴가 물었다. 퀴는 사실 파리를 살리는 것 때문에 햄스터에게 먹이 주는 것을 방해받고 싶지 않았다.

"조심스럽게 손가락을 파리에게 갖다 대 봐. 그러면 파리가 네 손가락을 타고 올라와서 살 수 있을 거야."

퀴의 엄마가 말했다.

퀴는 엄마 말대로 했고 이 작은 수영선수를 물 밖으로 꺼낼 수 있었다. 그리고 파리의 몸이 마르도록 풀밭 위에 놓아주자 파리는 몸을 파르르 떨고 다리를 쭉 뻗었다.

퓌는 파리가 살려고 애쓰는 것을 보며 참 신기하게 생각했다. 파리는 몸을 말리고 날아오르더니 퓌의 귀에 앉았다. 퓌는 간지러워 견딜 수가 없어 깔깔거리며 웃었다.

"네가 구해 주지 않았으면 그 작은 파리는 물에 빠져서 죽었을지도 몰라. 그건 소금쟁이가 아니거든."

엄마가 말했다.

퓌는 고개를 끄덕였다. 그리고 갈색 햄스터 롯데를 우리에서 꺼내 떨어뜨리지 않으려고 가슴으로 꼭 감쌌다.

사람은 생명을 보호해야 한다고 퓌는 생각했다. 사람이든 동물이든 모든 생명체는 살기를 원한다.

키다리 아저씨가 거리에서 뛰어왔다. 그는 조금 전에 애완동물 가게에서 금붕어를 구경했고 어떤 동물이든 쓰다듬어 주고 싶은 마음으로 뛰어와서 정원 울타리에 다다랐다. 그리고 거기서 퓌와 엄마가 두 마리의 햄스터를 쓰다듬어 주고 있는 것을 보았다.

"안녕하세요, 키다리 아저씨? 살아 있다는 것이 정말 행복하지 않아요?"

퓌가 외쳤다.

"그저 그래."

키다리 아저씨가 퉁명스레 말했다.

"나는 사실 햄스터를 쓰다듬어 주려고 왔는데 미키와 롯데를 벌써 많이 쓰다듬어 준 것 같네."

"그렇다고 너무 섭섭해하지 마세요. 롯데는 다른 햄스터보다 두 배 더 쓰다듬어 줘도 좋아하거든요."

퓌가 말했다. 그리고 롯데를 키다리 아저씨에게 건네 주고 햄스터 다루는 방법을 알려 주었다. 햄스터를 놀라게 하면 안 되고 잘못해서 떨어뜨려도 안 된다고 설명을 해 주자 키다리 아저씨는 햄스터를 조심스럽게 감싸안고 행복이 넘치는 표정으로 햄스터의 두 눈을 바라보았다. 그 때 롯데가 파르르 몸을 떨었는데 그건 두려워서 그런 것이 아니라 키다리 아저씨의 배에서 꼬르륵 소리가 났기 때문이었다.

퓌의 엄마가 키다리 아저씨의 배에서 나는 소리를 듣고 말했다.

"키다리 아저씨, 이리로 들어오세요. 자두잼 바른 빵을 만들어 놨는데 퓌와 나 둘이 먹기에는 많거든요."

키다리 아저씨는 싫다고 말할 이유가 없었다. 롯데를 팔에 안고 정원 울타리를 뛰어넘어 퓌의 엄마 옆에 앉았다. 그는 황홀한 기분으로 자두잼 바른 버터빵을 먹었고 사는 것이 정말 즐겁다고 느꼈다.

키다리 아저씨는 행복했고 세상은 최고로 좋아 보였다.

“놀라운 일이 일어났어!”

키다리 아저씨는 이제 커다란 구멍을 통해 새로운 세상을 보게 되었고 뛰도 함께 보게 되었다.

할머니는 다시 한 번 무당벌레 옷을 입었고 키다리 아저씨는 흑기사로 변장했다. 퀴는 검은 서류가방을 들고 검은 뿔테 안경을 쓰고 긴 막대자를 들고 있는 선생님으로 차려 입고 가장행렬에 나갈 준비를 했다.

"하하하! 나는 흑기사다!"

키다리 아저씨가 외쳤다.

"내 앞을 가로막는 것은 무엇이든 쓸어버리겠다!"

퀴는 아저씨를 걱정스레 쳐다보았다. 키다리 아저씨는 흑기사가 등장하는 텔레비전 프로그램을 보고 나서 계속 전쟁과 싸움만 생각하는 것 같았다.

"나는 아저씨의 주일학교 교리선생님이에요. 그래서 나는 아저씨의 그런 나쁜 행동을 허락하지 않을 거예요."

퀴가 말했다.

"누군가를 쓸어버리는 것은 좋은 일이 아닌 것 같아."

할머니가 목소리를 가다듬고 말했다.

"우리 무당벌레는 아주 예민한 곤충이거든. 그리고 흑기사를 보면 소리를 낸단다."

키다리 아저씨는 흑기사 가면을 쓰고 음흉한 웃음을 지으며 플라스틱 장난감 칼로 투른슈 할머니를 찌르는 시늉을 했다.

그러나 투른슈 할머니는 무당벌레처럼 빠르게 날아서 피하는 시늉을 하면서 흑기사를 놀렸다.

"그만 해요, 아저씨!"

이렇게 소리치며 퀴는 키다리 아저씨의 얼굴에서 가면을 벗겼다.

"아저씨가 오늘 아무리 멋진 흑기사로 변장했다 하더라도 내가 그것을 멋지게 생각한다고 착각하지 마세요."

이 말을 듣자 키다리 아저씨는 당황하여 퀴와 무당벌레 옷을 입은 할머니를 번갈아 쳐다보았다. 아저씨는 퀴가 변장한 교리선생님으로 하는 말인지 원래 퀴 자신으로 하는 말인지 알 수가 없었다.

그래도 키다리 아저씨는 용감하게 플라스틱 칼을 들고 다시 외쳤다.

"흑기사는 그 누구의 말도 듣지 않는다. 그 사람이 교리선생님이라 할지라도 말이다!"

텔레비전에서 흑기사가 모든 적에게 결투를 신청하고 싸움마다 이겨서 복수하는 것을 보았기 때문에 키다리 아저씨는 이렇게 말했다.

퀴는 막대자를 들어 칼처럼 흑기사를 향해 내밀었다. 그러자 키다리 아저씨도 얼른 장난감 칼을 퓌에게 겨누었다.

결투가 벌어졌다. 그리고 키다리 아저씨가 칼을 떨어뜨리고 빈 손으로 퓌와 마주 섰을 때 비로소 결투는 끝이 났다.

"넌 지금 날 죽여야 해."

키다리 아저씨가 흑기사의 목소리를 흉내내며 말했다.

"네가 결투에서 이겼으니까 이제 흑기사의 목숨은 네 손에 달렸어."

퓌는 키다리 아저씨의 말에 웃지 않을 수 없었다. 퓌는 고개를 저으며 말했다.

"사람은 남을 죽이지 않고서도 문제를 해결할 수 있어요."

키다리 아저씨는 퓌의 말을 심각하게 들으면서 텔레비전에서 들은 말과 다르다는 생각을 했다.

퓌는 검은 뿔테 안경너머로 키다리 아저씨를 쳐다보며 말했다.

"사랑하는 흑기사 아저씨가 내 말을 잘 이해하지 못하시는 것 같으니 그 벌로 십계명의 다섯 번째 계명을 백 번 써 오세요."

"사람을 죽이지 말라."

무당벌레로 변장한 할머니가 웃으며 얼른 말했다.

"운이 좋은 줄 알아야 해. 선생님이 열 번째 계명을 백 번 쓰라고 했으면 어떻게 할 뻔했니? '너는 너의 이웃에게 속한 것, 즉 그의 집, 그의 재산, 그의 노예, 그의 소, 그의 망아지 등 너의 이웃에게 속한 모든 것을 탐내서는 안 된다.'"

할머니는 키다리 아저씨를 놀리듯이 우스갯소리를 하셨지만 흑기사는 그 우스갯소리가 전혀 우습지 않았다. 왜냐하면 다섯 번째 계명을 백 번 써야 한다는 생각만으로도 너무나 괴로웠기 때문이다. 흑기사는 신음소리를 냈다.

"나더러 '사람을 죽이지 말라'를 백 번 쓰라고? 그건 나를 죽이는 일이야."

퓌는 안경을 벗고 미소지으며 말했다.

"알았어요, 나의 착한 영웅. 그러면 아저씨가 다시는 잊지 않도록 딱 한 번만 쓰세요."

키다리 아저씨는 잠시 생각한 다음 칼을 들고 모랫바닥에 '사람을 죽이지 말라'라고 썼다.

"훌륭해."

무당벌레 할머니가 곤충소리를 내며 말했다.

"그렇게 해서 칼이 연필이 되었구나."

키다리 아저씨는 행복했고 세상은 최고로 좋아 보였다.

"놀라운 일이 일어났어!"

키다리 아저씨는 이제 커다란 구멍을 통해 새로운 세상을 보게 되었고 퓌도 함께 보게 되었다.

너는 나의 수호곰돌이야.
좋은 날이든
안 좋은 날이든.

6계명

혼인의 약속을 깨서는 안 된다.

빌레펠트 동물원의 사자

다시 어린이날이 되었다. 퓌는 빌레펠트 동물원에 가자고 부모님을 졸랐다. 처음에 키다리 아저씨는 빌레펠트 동물원에 가려고 하지 않았다. 왜냐하면 그 동물원에는 코끼리가 없었기 때문이다. 그래서 퓌의 아빠가 빌레펠트 동물원에 있는 사자가 얼마나 멋있고 볼 만한지 열심히 설명했고 그제서야 키다리 아저씨는 동물원에 가기로 마음먹고 자동차를 타고 퓌의 옆자리에 앉았다.

"빌레펠트의 사자는 자네처럼 하품을 할 줄 안다네!"

퓌의 아빠가 키다리 아저씨에게 말했고 키다리 아저씨는 한참 동안 입을 크게 벌리고 사자처럼 하품을 했다.

퓌의 부모님은 앞 좌석에 앉았다. 퓌의 아빠가 너무나 기분이 좋은 나머지 모두가 아는 노래를 흥얼거리기 시작하자 다 함께 따라 불렀다.

퓌는 아빠와 엄마가 나란히 앉아 있는 모습이 정말 아름답다고 생각했다. 또한 아빠와 엄마가 함께 부를 수 있는 노래가 있다는 것이 얼마나 아름다운지도 생각했다. 퓌는 모두 함께 차를 타고 있는 것도 아름답고 또 서로를 진심으로 좋아하는 것도 정말 아름답다고 생각했다.

퓌의 아빠가 자동차의 라디오를 켰다. 그러자 종교방송이 흘러나왔는데 그것은 남자와 여자가 서로 신뢰한다는 것이 얼마나 좋은 것인가에 대한 내용이었다.

퓌의 아빠는 스포츠 뉴스가 나오는 채널로 돌리려고 했지만 퓌의 엄마가 아빠의 팔을 잡고 미소를 지으며 바라보았기 때문에 종교방송을 계속 들을 수 있었다.

라디오 프로그램의 진행자가 결혼이 결코 깨져서는 안 된다고 말하자 키다리 아저씨는 깜짝 놀라 물었다.

"왜 계란이 깨져서는 안 되죠?"

"계란이 아니라 결혼이 깨져서는 안 된다고 말한 거예요."

퓌가 웃으며 말했다.

키다리 아저씨는 잠시 생각하더니 또 물었다.

"그런데 결혼이 깨진다는 게 무슨 뜻이지?"

퓌의 아빠와 엄마는 서로 바라보면서 굳게 맹세를 하듯 고개를 끄덕이고는 입을 꽉 다물었다.

마침내 퓌가 키다리 아저씨에게 말했다.

"아주 간단해요. 한 남자와 한 여자가 결혼할 때 남자와 여자는 서로에게 결혼의 의무를 약속해요. 그런데 결혼하고 난 뒤에 두 사람 중에 한 사람이 약속을 어기면 그 결혼은 깨지는 거예요."

"어떻게 그런 일이 일어날 수 있는 거야?"

퓌의 아빠는 룸미러를 통해 키다리 아저씨의 얼굴을 보며 빠르게 말했다.

"일어날 수 있지, 이 친구야. 인생은 가장 아름다운 이야기를 쓰기도 하지만 가끔은 이해할 수 없는 이야기를 쓰기도 하거든."

"이제 알겠어요! 사람은 약속을 지키기 위해 노력해야 하지만 그 약속을 지킬 수 없다 하더라도 절망해서는 안 된다는 거죠?"

키다리 아저씨가 말했다.

퓌는 뿌듯한 마음으로 아저씨를 쳐다보았다. 키다리 아저씨는 이따금 뭔가를 말하면서 그 말이 그때 해야 할 말인지 아닌지를 잘 모르는 경우가 있지만 참 좋은 말을 할 때도 있었다.

갑자기 라디오에서 성가가 흘러나왔고, 그들은 가사도 모른 채 크게 따라 불렀다. 그들의 노랫소리가 엉망진창이어서 모두 함께 웃음을 터뜨렸다.

"빌레펠트 동물원에 코끼리가 없어서 정말 아쉬워요."

키다리 아저씨가 말했다.

그래서 퓌는 팔로 코끼리 코를 만들고 코끼리 소리를 냈다.

빌레펠트에 다다랐을 때 그들은 동물원 입구에서 사자가 오늘 아프기 때문에 그 대신 앵무새를 볼 수밖에 없다는 것을 알게 되었다.

"앵무새는 사람의 말을 흉내내는 것밖에 못 하잖아."

키다리 아저씨가 투덜거리며 말했다.

"맞아요!"

입구에 서 있던 동물원 직원이 자랑스럽게 말했다.

"우리 동물원에는 사자소리를 흉내낼 수 있는 앵무새도 있답니다."

"그건 나도 할 수 있어요, 어흥!"

키다리 아저씨가 사자소리를 내자 퀴의 엄마 아빠가 웃었다. 그들은 코끼리와 사자가 없어도 동물원을 구경하기로 결정했다.

새로운 사람

한 사람에게만 충실하기가 늘 쉬운 일은 아니라고 퓌는 생각했다.

어제는 퓌가 빌리를 무시하는 일이 있었다. 왜냐하면 새로 전학 온 남자아이가 퓌의 옆자리에 앉았기 때문이었다.

점심시간에 퓌는 빌리와 서로 점심 빵을 나누어 먹곤 했다.

빌리는 땅콩잼 바른 빵을 좋아하지 않았지만 퓌는 아무거나 잘 먹었다. 빌리는 퓌의 가장 친한 친구였다. 그들은 학교도 함께 갔고 누구보다 자주 만나는 친한 사이였다.

퓌는 빌리의 엄마에게서 빌리네 집 열쇠까지 받았다. 왜냐하면 빌리가 열쇠를 잃어버리고 잠긴 대문 앞에서 서성거리기 일쑤였기 때문이다.

"나는 어른이 되면 너랑 결혼할래."

빌리는 그렇게 말하면서 껌을 반으로 잘라 퓌에게 주었다.

그렇게 친한 그들 사이에 갑자기 안드레아가 나타난 것이다. 전학생 안드레아는 금발머리였다. 아버지가 학교의 시설 관리책임자로 왔기 때문에 아버지를 따라 전학을 온 것이다.

"펠리치따스(퓌) 옆에 앉아라, 안드레아."

담임선생님 말씀에 안드레아는 너덜거리는 책가방을 퀴의 옆자리에 놓고 앉았다.

빌리는 자기도 알 수 없는 질투심이 생겨서 그 광경을 지켜보았다. 게다가 퀴가 어깨를 으쓱하는 것이 빌리를 더 화나게 했다.

'우리가 아직 결혼한 것도 아닌데 뭐.' 하고 퀴는 생각했다. 안드레아는 퀴와 집 방향이 다른데도 퀴를 집까지 데려다 주었다. 그냥 새로 이사 온 동네를 알고 싶었기 때문이었다.

빌리는 10미터쯤 떨어져서 퀴와 안드레아를 뒤쫓아 갔다. 빌리가 얼마나 화가 났는지는 그 얼굴을 본 사람은 누구나 알 수 있었다. 뒤쫓아 가면서 빌리는 이따금 펄쩍 뛰어올라 나뭇잎을 따서 찢었다. 그런 행동을 퀴가 얼마나 싫어하는지 빌리는 잘 알고 있었다.

안드레아는 퀴의 책가방도 들어주었다. 왜냐하면 퀴의 책가방에 씌어 있는 웃기는 글귀를 읽고 싶었기 때문이었다.

그들이 퀴의 집 앞에 다다랐을 때 안드레아는 퀴의 책가방을 계단에 내려놓고 미소를 지으며 작별인사를 했다.

"그럼 내일 보자."

"내일은 주일이니까 학교에 안 가잖아."

퀴가 웃으며 말했다.

"너 내일 성당에 가니?"

안드레아가 물었다.

"그럼, 가야지."

퀴가 대답했다. 퀴는 언제나 빌리와 함께 일찍 성당에 가서 성가책을 나눠 주는 일을 돕곤 했다.

"그럼 내일 보자. 그런데 있잖아, 그 암소이야기는 정말 재미있다."

안드레아가 말했다.

"암소라니 무슨 말이야?"

퀴가 궁금해서 물었다. 안드레아는 퀴의 가방을 가리켰다. 거기에는 다음과 같이 씌어 있었다.

'암소는 무-우 하고 울고, 암소는 무도 뽑아 먹는다.'

이 웃기는 글귀는 빌리가 퀴의 가방에 써 준 것이었다. 안드레아는 돌아갔고 퀴는 그 뒷모습을 바라보며 빌리를 기다렸다. 그 순간 퀴는 빌리에게 무척 미안한 마음이 들었다.

그러나 빌리는 퀴를 쳐다보지도 않은 채 휙 지나가며 자기 집 열쇠를 찾았다.

"이놈의 집 열쇠는 또 어디 있는 거야!"

빌리가 혼자 중얼거렸다.

'그럼 그렇지.' 퀴는 그런 생각을 하며 조심스럽게 물었다.

"너, 집 열쇠 잃어버렸니?"

그러나 빌리는 여전히 퓌를 쳐다보지 않고 책가방만 뒤적거리더니 퉁명스럽게 말했다.

"무슨 상관이야? 지금까지 무시하더니 이제야 알아보니?"

빌리의 말이 옳았다.

"미안해."

퓌는 힘없이 말하면서 빌리의 엄마가 퓌에게 주었던 열쇠를 내밀었다.

그래도 빌리는 한참 동안 책가방만 뒤적거리다가 겉 포장지는 없고 은박지로만 싸여 있는 오래된 껌 하나를 꺼냈다. 처음에는 껌을 통째로 입 안에 넣으려고 하다가 곧 둘로 잘라 하나를 퓌에게 내밀었다. 퓌는 빌리에게 열쇠를 주었고 빌리는 퓌에게 껌을 주었다.

"우리가 결혼하면 항상 나하고 있을 거지?"

빌리가 물었다.

"그럴 거야!"

퓌는 껌으로 풍선을 불면서 이렇게 대답하고는 풍선을 터뜨렸다.

나 하나만 바라보아라!

퀴는 밤중에 잠에서 깼다. 방이 어두워서 퀴는 주위를 더듬거려 보았지만 곰인형이 옆에 없어서 안심이 되지 않았다. 퀴는 잠에서 깰 수밖에 없었다. 왜냐하면 날씨가 무척 사나워서 천둥과 번개가 밤의 고요함을 깨뜨렸기 때문이었다. 퀴는 작은 풍선모양의 등불을 켜고 주위를 둘러보았다. 곰인형이 보이지 않자 퀴는 불안해졌다.

"곰돌아!"

퀴는 나지막한 소리로 곰인형을 불러보았다. 퀴는 *롯 공주와 후비 백작을 깨우고 싶지 않았다. 롯 공주는 투른슈 할머니가 선물로 주신 인형이었고 빨간 모자를 쓰고 있었기 때문에 퀴는 그 인형을 롯 공주라고 불렀다. 후비 백작은 퀴의 아빠가 노르웨이에 출장을 다녀오면서 퀴에게 선물한 것이었다. 퀴는 그 인형에게 후비라는 이름을 붙여주었다. 왜냐하면 퀴의 아빠도 후비라고 불리기 때문이다.(*롯은 독일어로 빨갛다는 뜻이다)

곰돌이는 퀴에게 결코 퀴를 혼자 내버려 두지 않겠다고 맹세했었다. 번개와 폭풍우가 몰아쳐서 너무나 무서운 밤에 퀴는 그 말을 생각하며 곰돌이를 더욱 그리워했다.

지금 곰돌이는 없고 퀴는 혼자였다.

밖에서 '우르릉 꽝!' 하고 천둥번개가 칠 때마다 퀴는 너무나 무서웠고 그때마다 손을 모으고 빨리 이 무서운 폭풍우가 지나가게 해 달라고 기도했다.

어느 날 퀴는 폭풍우가 몰아치는 밤에 잠이 들었는데 꿈속에 수호천사가 나타났다. 진짜처럼 생생하게 보이던 그 수호천사는 퀴에게 다가와 이렇게 말했다.

"두려워하지 마라! 나는 너의 수호천사란다. 나는 항상 네 곁에 있단다. 너는 네 자신을 온전히 나에게 맡겨라."

그 때 퀴는 갑자기 잠에서 깨어났다. 창문이 열려서 삐그덕거리는 소리를 냈기 때문이었다. 퀴가 창문을 닫으려고 잽싸게 이층침대에서 내려가는 순간 번쩍하고 번개가 치면서 방이 환하게 밝아졌다. 그 때 퀴는 곰인형을 보았다. 곰인형은 꿈에서 본 수호천사와 똑같은 모습이었다. 물론 곰인형에게는 날개가 없고 천사에게는 복슬복슬한 털이 없지만, 이 세상에 오는 천사는 꿈에서 본 모습과 다를 수도 있다. 그래서 사람들은 이따금 자기 주위에 수호천사가 있는지 아주 잘 살펴보아야 한다. 어쨌든 곰인형은 꿈속에서 수호천사가 말할 때 그랬던 것처럼 그렇게 퀴를 바라보고 있는 것 같았다.

"너는 나의 수호 곰이야."

퀴가 곰돌이의 귀에 대고 속삭였다. 퀴는 이전에 곰인형에게 별로 관심이 없었다. 퀴에게는 털이 복슬복슬한 다른 동물 인형이 많이 있었고 퀴는 주로 롯 공주와 후비 백작하고만 놀았다.

그러나 이제 퀴는 모자 쓴 갈색 곰인형을 보게 되었고 그것이 자기의 수호 곰이라는 것을 알게 되었다. 그 이후로 곰인형 곰돌이는 언제나 퀴와 함께 있었다. 퀴가 방학을 맞이해서 바닷가에 놀러 갔을 때에도 곰돌이는 함께 있었다. 퀴는 곰돌이에게 모든 것을 말할 수 있었고 곰돌이가 늘 자기만 바라볼 것이라고 믿었다. 퀴는 학교에서 우울한 마음으로 돌아오면 곰돌이가 위로해 주리라는 것을 알았고, 행복한 마음도 곰돌이와 나눌 수 있다는 것을 알았다. 퀴는 이따금 곰돌이의 배를 누르면서 "배불뚝이!"라고 소리쳤다. 그 말에는 바로 이런 뜻이 숨어 있었다. '우리는 서로를 위해 존재하고 그 무엇도 우리를 갈라놓을 수 없어.'

그런데 지금 퀴는 혼자 있고 밖에서는 바람이 스산하게 흐느꼈다. 그 어느 곳에서도 수호 곰돌이를 볼 수 없었다.

퀴는 천천히 이층침대에서 내려와 침대 밑을 찬찬히 둘러보았다. 그곳에는 장난감 부엌놀이 세트가 있었고 장난감 냉장고 안의 비밀장소에는 퀴가 숨겨 놓은 과자가 있었다.

그렇지만 퓌는 이미 양치질을 했고 애타게 곰돌이를 찾고 있었기 때문에 과자도 먹고 싶지 않았다. 곰돌이는 침대 밑에도 없었다. 퓌는 곰돌이 없이 잠을 잘 수 있을지를 생각해 보았다. 그리고 다시 사다리를 타고 이층침대로 올라갔다. 그런데 이상하게도 갑자기 더 이상 천둥번개가 두렵지 않았다.

'그냥 하늘에서 파티를 한다고 생각하면 되는 거야. 그래서 천둥번개도 치는 거야.'

퓌는 이렇게 생각했다.

'나는 기도하고 귀를 막을 거야. 그러면 금방 잠이 들겠지?'

그러면서도 퓌는 곰돌이가 자기를 이렇게 혼자 내버려 둔 것에 실망하고 있었다. 곰돌이는 오늘처럼 바깥 날씨가 사나울 때 퓌가 편안하게 잘 수 있도록 노래를 해 주겠다고 약속까지 했었다.

퓌는 풍선모양의 등불을 끄고 기도했다.

"사랑하는 하느님, 저는 하느님께 모든 것을 맡기겠어요. 하느님께서 언제나 제 곁에 계시다는 것만 생각하면 아무것도 무섭지 않아요."

그리고 퓌가 베개를 베고 누웠을 때 어디선가 '삑!' 하는 소리가 났다.

"어, 이게 어디서 나는 소리지?"

그것은 뛰가 손가락으로 곰돌이의 배를 누를 때 나는 소리였다.

그 소리는 마치 '나는 언제나 네 옆에 있어. 네가 나를 보지 못할 때에도' 라고 말하는 것 같았다. 뛰가 다시 불을 켜고 베개를 들어올리자 그곳에 곰돌이가 누워 있었다.

"넌 역시 수호 곰돌이야."

뛰는 이렇게 속삭이며 곰돌이에게 뽀뽀를 했다.

뛰는 다시 불을 끄고 곰돌이와 나란히 누웠다. 잠시 후 뛰는 곰돌이가 웃기는 자장가를 흥얼거리는 소리를 들을 수 있었다. 그리고 뛰는 잠이 들었다.

아주 작은 보물

비밀이란 사람들이 전부 알기 전까지만 비밀이다. 모든 사람들이 보물이 묻혀 있는 곳을 안다면 비밀스러운 보물지도는 그릴 필요가 없다.

퓌의 집 정원에는 아주 작은 보물이 있었다. 그 보물은 아주 조그맣고 귀여운 새였는데 아직 아무도 그 새의 노랫소리를 들어보지 못했다. 그 새는 너무나 작아서 사람들은 보기만 해도 놀라워했다. 가끔 퓌는 큰 소리로 외쳤다.

"키다리 아저씨, 이리 와 봐요. 여기 작은 새가 다시 왔어요!"

그런데 퓌가 그렇게 외치자마자 그 새는 푸드득 날아서 숲 속으로 몸을 감추었다.

퓌가 키다리 아저씨에게 그 작은 새를 보았다고 말하면 키다리 아저씨는 늘 머리를 끄덕이고 웃으며 이렇게 대꾸했다.

"마음대로 얘기해 봐. 어차피 아무도 보지 못했으니까."

그럴 때마다 퓌는 슬펐다. 왜냐하면 친구라면 무슨 이야기를 하든 믿어 주어야 하기 때문이다.

어느 날 키다리 아저씨는 혼자 정원에 있었다. 아니 혼자라고 생각했다. 그 때 갑자기 작은 새가 장미덩굴에 날아와 앉아 잠시 그를 바라보는 것이었다.

"퓌야, 이리 와 봐. 작은 새가 왔어!"

키다리 아저씨가 얼른 소리쳤지만 그 순간 작은 새는 날아가 버렸다.

키다리 아저씨는 퓌가 옳았다는 것을 알았다. 그리고 퓌의 말을 믿지 않은 자신이 부끄러웠다. 친구라면 무슨 말을 하든 믿어 주어야 하기 때문이다.

저녁때 키다리 아저씨는 퓌에게 미안하다고 사과했다. 그러자 퓌는 키다리 아저씨의 머리를 매만지며 말했다.

"아저씨, 괜찮아요. 아저씨가 곧 나를 믿어 줄 거라고 생각했어요."

이제 모든 것이 다 잘 되었다. 왜냐하면 친구란 서로를 금방 용서해 주기 때문이다.

그리고 작은 새는 사람들에게 알릴 수 없는 비밀로 남았다. 사람들에게 알리려고 하면 새는 날아가 버리기 때문이다. 사람들은 그 새가 모습을 드러내면 볼 수 있다. 그러나 새가 있다고 크게 외치면 그 새는 원래부터 없었던 것처럼 사라진다. 중요한 것은 그래도 작은 새가 존재한다는 것이다.

한번은 퀴와 키다리 아저씨가 정원에 앉아 있었는데 그 작은 새가 그들에게 살며시 다가왔다. 두 사람은 아무 말도 하지 않고 조용히 머물러 있었다. 언젠가는 그 새가 부르는 노랫소리를 들을 수 있을 것이다.

7계명

남의 것을 훔쳐서는 안 된다.

남의 것을 빼앗아서는 안 된다

퓌는 담장 위에 앉아서 투른슈 할머니가 주신 사과를 아삭아삭 소리 나게 베어 먹고 있었다.

"으음!"

퓌가 입맛을 다시며 말했다.

"사과는 정말 위대한 기적이야. 맛도 좋고 생긴 것도 예쁘고 베어 먹을 때 '아삭' 소리도 나잖아!"

퓌 옆에 앉아 있던 키다리 아저씨는 이런 생각을 했다. '그래, 사과는 아주 맛있고 탐나는 거야. 저걸 뺏어 먹으면 또 얼마나 재미있을까?'

그리고 다음 순간 퓌가 "어머!"라는 말을 끝내기도 전에 키다리 아저씨는 퓌가 들고 있던 사과를 가로채서 먹으려고 했다.

"잠깐만요, 그러면 안 돼요."

퓌가 말했다.

"왜 안 돼? 내가 뭘 잘못했지?"

"참, 못 말리는 아저씨군요. 내 사과를 뺏으면 안 되죠!"

키다리 아저씨는 사과를 손바닥에 놓고 이리저리 굴리면서 어찌할 바를 몰라했다.

"왜 안 되지?"

키다리 아저씨는 또 한 번 물었다.

"나는 이 사과가 먹고 싶단 말이야."

퀴는 고개를 저으며 생각했다. 키다리 아저씨는 정말 특이한 사람이다. 투른슈 할머니가 옆에 계시다면 하느님께서 어린아이들이 슬퍼하는 것을 원하지 않으신다는 것을 잘 설명해 주실 텐데. 퀴는 울음 섞인 목소리로 말했다.

"그건 내 사과잖아요. 아저씨가 나한테서 사과를 뺏어 가면 나는 먹을 사과가 없잖아요."

키다리 아저씨는 외계인을 보듯이 퀴를 바라보며 말했다.

"그런데 그게 뭐가 그렇게 나빠?"

"아저씨가 그러면 내가 슬퍼지잖아요!"

"아, 그렇구나! 네가 슬퍼지는구나."

이렇게 말하면서 키다리 아저씨는 얼른 퀴에게 사과를 돌려 주었다.

"그럼 이제는 내가 먹을 사과가 없네. 나도 참 슬프다!"

퀴는 팔을 벌리고 키다리 아저씨를 안아 주었다.

"그러면 우린 어떻게 하는 게 좋을까요?"

퓌가 웃으며 물었다. 키다리 아저씨도 밝게 따라 웃었다. 퓌에게 좋은 생각이 있을 거라고 믿기 때문이었다.

퓌에게 정말 좋은 생각이 있었다. 퓌는 먼저 사과를 한 입 베어 먹고 키다리 아저씨에게 주었다. 그러면 아저씨도 큰 입으로 조심스럽게 한 입 베어 먹고 다시 퓌에게 사과를 주었다. 퓌는 웃으며 사과를 또 한 입 베어 먹고 그것을 키다리 아저씨에게 넘겨 주었다. 그러자 키다리 아저씨는 또 한 번 조심스럽게 사과를 베어 먹었다. 두 사람은 사과를 전부 먹을 때까지 이렇게 번갈아 나누어 먹었고 나중에는 배가 불러 큰 숨을 내쉬었다.

마침내 키다리 아저씨가 트림을 하며 말했다.

"내가 동물을 쓰다듬고 싶을 때 그걸 훔치지 않고도 쓰다듬을 수 있다면 얼마나 좋을까?"

"무슨 동물을 쓰다듬고 싶어요?"

퓌는 키다리 아저씨가 햄스터를 만지고 싶어한다는 것을 알았다.

"좋아요. 아저씨가 내 귀여운 햄스터를 만지는 걸 허락해요. 하지만 그렇게 하려면 아저씨가 나를 목말을 태워 줘야 해요."

"목말을 태워 달라고?"

키다리 아저씨는 눈을 동그랗게 뜨며 묻고 나서 기분 좋게 말했다.

"그래 좋아, 퓌. 내 등으로 올라오면 네가 원하는 만큼 높이 태워 줄게."

"와! 좋아요. 그럼 나는 높이 목말을 타고 하느님께 인사할 수 있을 거예요."

퓌가 신이 나서 말했다.

키다리 아저씨는 행복했고 세상은 최고로 좋아 보였다.

"놀라운 일이 일어났어!"

키다리 아저씨는 이제 커다란 구멍을 통해 새로운 세상을 보게 되었고 퓌도 함께 보게 되었다.

키다리 아저씨가 어떤 음성을 듣다

키다리 아저씨는 다시 퀴와 함께 슈퍼마켓에 갔다. 퀴는 사야 할 물건을 적은 쪽지를 가지고 외할머니를 위해 장을 보러 간 것이었다. 퀴가 화장품 파는 곳에서 빨간머리 염색약을 찾고 있을 때 키다리 아저씨는 식품 파는 곳에 진열되어 있는 여러 가지 잼이 가득 든 병들 가운데서 자두잼을 발견했다. 키다리 아저씨의 입 안에 금방 침이 가득 고였다. 아저씨는 자두잼을 사고 싶었다. 그래서 얼른 주머니에 돈이 있는지 찾아보았지만 주머니에는 단추만 있었고 단추로는 잼값을 지불할 수 없었다.

키다리 아저씨는 '어떻게 하지? 돈이 없으면 절대로 나에게 자두잼을 주지 않을 텐데…' 라고 생각하다가 모자 속에 자두잼을 숨기기로 마음먹었다. 아저씨의 모자는 작았지만 자두잼을 숨기기엔 안성맞춤이었다. 키다리 아저씨가 자두잼으로 막 손을 뻗으려 하는 순간 슈퍼마켓의 실내방송이 흘러나왔다.

"그러면 안 돼요. 거기 키다리 아저씨, 자두잼을 훔치지 마세요. 그런 행동을 하면 절대로 기쁘지 않을 거예요. 운이 없어서 들킨다면 다음부터 자두잼을 먹을 때마다 무척 괴로울 거예요."

키다리 아저씨는 자기 귀를 의심했다. 도대체 누가 이런 말을 하는 걸까?

"그러면 자두잼이 먹고 싶은 나는 어쩌라는 거야?"

키다리 아저씨는 슈퍼마켓의 스피커를 향해 큰 소리로 외쳤다.

그러자 그 소리를 들은 퓌가 얼른 말했다.

"자두잼이 먹고 싶으면 나랑 같이 투른슈 할머니한테 가요."

퓌는 할머니께 자두잼을 사다 드리려고 키다리 아저씨 옆에 서 있었던 것이다. 키다리 아저씨는 깜짝 놀라서 물었다.

"퓌, 너 저 방송에서 나오는 소리 들었어? 자두잼을 훔치지 말라고 하는 소리 말이야."

"아저씨, 꿈을 꾸셨나 봐요. 방송에서는 속옷과 스웨터를 아주 싸게 판다는 광고를 했는데요."

키다리 아저씨는 고개를 흔들었다. 어쩌면 그는 마음의 소리를 들었는지도 모른다. 그가 자두잼 때문에 옳지 못한 행동을 하면 안 된다는 그런 소리 말이다.

"돈이 없다고 너무 괴로워하지 마세요."

퓌가 말했다.

"그 대신 우리 할머니한테 가서 배가 터지도록 자두잼 바른 버터빵을 먹기로 해요."

키다리 아저씨는 행복했고 세상은 최고로 좋아 보였다.

"놀라운 일이 일어났어!"

키다리 아저씨가 조용히 속삭였다. 그는 이제 커다란 구멍을 통해 새로운 세상을 보게 되었고 퓌도 함께 보게 되었다.

Pflaumenmus

나는 절대
거짓말하지 않아!!!
이미 했잖아요!

8계명

너의 이웃에게 거짓말을 하지 말라.

멜빵바지

키다리 아저씨는 노란 멜빵바지를 입었다. 다른 바지가 전부 세탁기 안에 있었기 때문에 다시 노란 멜빵바지를 입을 수밖에 없었다.

"오늘은 정말 최고의 날이 되겠군."

키다리 아저씨가 한숨을 내쉬며 말했다. 이 말은 아저씨의 마음과 반대되는 표현이었다. 키다리 아저씨는 노란 멜빵바지만 입으면 이상하게도 자기 마음과 반대되는 말을 하게 되는 것이었다.

키다리 아저씨는 퀴를 만나러 학교에 가야 하는데 이미 시간이 늦어서 서둘러 거리로 뛰쳐나갔다.

"우와, 해가 났다!"

키다리 아저씨가 이렇게 외쳤지만 사실은 비가 내리고 있었고 아저씨는 곧바로 흠뻑 젖게 되었다.

"이상한 멜빵바지!"

키다리 아저씨는 이렇게 중얼거리며 물웅덩이를 훌쩍 뛰어 넘어갔다. 왜냐하면 장화 신는 것을 잊었기 때문이었다. 그로부터 얼마 지나지 않아 컴퓨터 수업을 마치고 기분 좋게 걸어오시는 투른슈 할머니를 만났다.

"좋은 아침, 키다리 친구!"

할머니가 상냥하게 인사말을 건네셨다.

"좋은 저녁, 할머니!"

키다리 아저씨는 또 자기 마음과 반대되는 말을 했다.

투른슈 할머니는 잠시 키다리 아저씨를 머리끝부터 발끝까지 한심하다는 듯이 쳐다보시다가 마침내 이렇게 말했다.

"키다리 친구, 자네 또 노란 멜빵바지를 입었구만. 자네가 노란 멜빵바지를 입어서 그렇게 말한다는 것을 알아서 다행이야. 만일 내가 그 사실을 몰랐다면 키다리 자네를 다시는 쳐다보지도 않을 거야."

키다리 아저씨는 '언제나 똑같네. 내가 이 노란 멜빵바지를 입을 때마다 나는 말썽을 부리고 그래서 아무도 나를 좋아하지 않게 되잖아!' 라는 생각을 했다. 그래서 키다리 아저씨가 할머니에게 사과하려는 순간 집배원 뮬러씨가 키다리 아저씨의 어깨를 두드리며 물었다.

"있잖아요, 당신이 키다리 아저씨인가요?"

그러자 키다리 아저씨는 또 이렇게 대답했다.

"아니오! 나는 착한 집배원 아저씨를 사냥하는 사나운 개랍니다."

그리고 집배원 뮬러씨를 향해 멍멍 짖는 소리를 내기 시작했다.

뮬러씨는 깜짝 놀라 키다리 아저씨를 쳐다보며 말했다.

"그것 참 안됐군요. 나는 사실 당신의 이모님 질케씨가 오스트레일리아에서 보낸 선물꾸러미를 배달하러 왔거든요!"

투른슈 할머니는 옆에 서서 고개를 설레설레 흔들기만 하시다가 키다리 아저씨가 개처럼 짖으며 뮬러씨 주위를 두 바퀴 돌았을 때 큰 소리로 말씀하셨다.

"이제 그만 해!"

그리고 뮬러씨에게 오늘 키다리 아저씨가 왜 이상한 행동을 하는지 설명해 주셨다.

"할머니가 당신의 멜빵바지에 대해 이야기해 주셔서 참 다행이에요. 그렇지 않았으면 난 앞으로 당신을 좋아할 수 없게 되었을 거예요."

그리고 뮬러씨는 얼른 선물꾸러미를 키다리 아저씨에게 건네주고 계속 우편물을 배달하러 갔다.

"자네 선물꾸러미를 열어 보고 싶지 않나?"

할머니가 물으셨다.

"아니오. 나중에 열어 볼래요."

키다리 아저씨가 오늘 처음으로 진심에서 우러나온 말을 했다.

"저는 퀴를 만나러 학교에 가야 하는데 벌써 늦었거든요."

학교수업이 끝나는 종소리가 울렸을 때 키다리 아저씨는 건물 모퉁이 뒤에서 살짝 몸을 내밀고 서 있었다. 뛰는 친구들과 함께 학교 밖으로 뛰어나오다가 멜빵바지를 입은 키다리 아저씨를 보았다. 키다리 아저씨가 손짓하자 뛰가 달려오면서 말했다.

"아니, 아저씨 또 그 멜빵바지를 입었네요?"

"이건 그 멜빵바지가 아니야."

키다리 아저씨는 거짓말을 하며 되레 화를 냈다.

"거짓말 하지 마세요. 나는 그 멜빵바지를 잘 알아요."

"나도 싫지만 어쩔 수가 없어. 다른 바지는 전부 세탁기 안에 있단 말이야!"

뛰는 키다리 아저씨가 들고 있는 선물꾸러미를 보며 호기심에 가득 차 물었다.

"그건 뭐예요?"

"이건 소리 지르는 상자야."

키다리 아저씨는 또 이상한 말을 했다.

"이걸 보는 사람은 크게 소리를 질러야 해."

"그만 하세요!"

뛰가 소리를 질렀다.

"노란 멜빵바지만 입으면 이상한 거짓말을 하는 그런 장난은 이제 하지 마세요. 아무리 그래도 나는 그 소리 지르는 상자 때문에 소리를 지르지는 않아요."

퓌는 한숨을 내쉬며 '하느님께서 거짓말을 하지 말라고 말씀하셨는데, 그것은 그분이 왜 그래야 하는지 아셨기 때문이야' 라고 생각했다. 그리고 퓌는 키다리 아저씨가 들고 있는 선물꾸러미를 가로채며 물었다.

"내가 열어 봐도 돼요?"

"아니! 난 그 선물꾸러미 안에 뭐가 들어 있는지 전혀 궁금하지 않아."

키다리 아저씨가 또 거짓말을 했다.

그 말을 듣고 퓌가 웃자 키다리 아저씨도 따라 웃었다. 두 사람은 함께 선물꾸러미를 열었다. 그 안에는 오스트레일리아에서 온 아주 멋진 캥거루 바지가 들어 있었다.

질케 이모는 그 상자에 이런 내용의 편지를 적어 놓았다.

'이 캥거루 바지를 입고 즐겁게 살아라.'

"이제 이 바지를 입으세요!"

퓌가 말했다.

"집으로 가서 그 노란 멜빵바지를 영원히 옷장 속에 걸어 놓으세요."

키다리 아저씨는 자기가 입고 있는 노란 멜빵바지와 오스트레일리아에서 온 캥거루 바지를 번갈아 쳐다보며 진심을 말했다.

"나는 이제 천천히 이 멜빵바지에서 벗어나고 있는 것 같아. 이제 진실이 얼마나 아름다운지 알게 된 것 같아."

"지금 그 말은 거짓말이 아니겠죠?"

"거짓말이 아니야!"

키다리 아저씨가 힘주어 말했다.

"그런데 도대체 이 캥거루 바지를 입으면 어떻게 되는 거야?"

"이렇게 되는 거예요."

뛰는 웃으면서 키다리 아저씨의 손을 잡고 함께 캥거루처럼 껑충껑충 뛰면서 집으로 향했다.

키다리 아저씨는 행복했고 세상은 최고로 좋아 보였다.

"놀라운 일이 일어났어!"

키다리 아저씨는 이제 커다란 구멍을 통해 새로운 세상을 보게 되었고 뛰도 함께 보게 되었다.

키다리 아저씨가 진실을 발견하다

키다리 아저씨가 집안 청소를 했다. 걸레로 전등을 깨끗이 닦고 나서 막 전등스위치를 꼼꼼히 닦으려는 순간, '딸깍 딸깍' 소리가 나면서 갑자기 전등이 켜졌다 꺼졌다 했다. 깜깜한 밤이었기 때문에 '딸깍 딸깍' 소리가 날 때마다 방안도 밝아졌다 어두워졌다 했다.

그 때 키다리 아저씨는 "아하!" 하며 감탄하는 소리를 질렀다. 아주 큰 의미를 깨달았기 때문이었다.

"가끔은 밝았다가 가끔은 어두웠다가…. 맞아! 어쩌면 그게 진실인지도 몰라."

퓌가 진실을 발견하다

퓌는 키다리 아저씨의 덤블링 위에 올라가서 위로 뛰어올랐다가 아래로 내려왔다가 하면서 껑충껑충 뛰었다.

그러다 갑자기 한 가지 큰 의미를 깨달았다. '사람은 가끔은 위에 있다가 또 가끔은 아래에 있기도 하는구나.'

그게 바로 진실이다.

퀴는 행복을 느끼며 다시 뛰어올랐다가 내려왔다가를 반복하면서 세상을 다른 눈으로 바라보았다.

투른슈 할머니가 진실을 발견하다

투른슈 할머니는 눈을 뜨셨다. 잠에서 깨어나신 것이다. 할머니는 주무시다가 꿈을 꾸셨는데, 꿈속에서 파티를 하고 난 뒤에 설거지를 거의 끝내셨다. 그런데 잠에서 깨어나셨을 때 그것이 꿈이라는 것을 알게 되셨다. 주방 싱크대에 씻어야 할 접시와 찻잔이 가득했기 때문이다.

그 때 퀴가 싱크대에서 물을 틀고 설거지를 시작했다. 그 옆에는 키다리 아저씨가 손에 마른 행주를 들고 서 있었다.

"나는 아직도 꿈을 꾸고 있는 것 같구나."

꿈에서 깨어난 할머니가 말씀하셨다. 그러나 그것은 꿈이 아니었다.

9와 10 계명

다른 사람의 아내를 탐내서는 안 된다.

너의 이웃에 속한 것을 탐내서는 안 된다.

그의 집이든, 그의 재산이든, 그의 가축이든 그 밖의 무엇이든지

네 이웃의 것이라면 탐내서는 안 된다.

다른 사람의 자두잼을 탐내서는 안 된다

키다리 아저씨가 자두잼을 너무나 즐겨 먹기 때문에 퀴는 아저씨가 직접 자두잼을 만들어 먹을 수 있도록 자두잼 만드는 법을 알려주기로 했다. 퀴는 할머니에게서 그 방법을 배웠고 직접 만들어 보기도 했기 때문에 할머니의 자두잼이 왜 그렇게 맛있는지 그 이유를 알고 있었다.

키다리 아저씨가 제일 먼저 할 일은 퀴의 집 정원에서 자두를 따는 일이었다. 그래서 키다리 아저씨는 사다리를 세우고 올라가 자두를 따서 양동이에 하나씩 던져 넣었다. 자두를 양동이에 던질 때마다 '통! 통!' 소리가 났다.

퀴는 사다리 아래에 서서 너무 익어버린 자두가 저절로 땅에 떨어지듯이 아저씨가 땅바닥에 굴러 떨어지지 않도록 사다리를 꼭 붙들고 서 있었다. 자두가 양동이에 가득 차자 키다리 아저씨는 그것을 들고 사다리를 내려와 자두를 씻었다.

햇볕을 받고 비를 맞으며 잘 익은 자두는 시원하게 물에 씻기는 것이 아주 즐거운 듯이 보랏빛과 초록빛으로 반짝거렸다.

그 다음에 퀴와 키다리 아저씨는 자두씨 빼는 일을 시작했다.

"준비, 시작!"

처음에는 말할 것도 없이 퀴가 빨랐다. 왜냐하면 키다리 아저씨는 지금까지 한 번도 자두씨를 빼 본 적이 없었기 때문이다. 물론 앵두를 먹을 때 씨를 뱉은 적은 있지만 자두에서 씨를 빼고 그것으로 잼을 만들어 먹는 것은 생전 처음 하는 색다른 일이었다. 처음에는 퀴가 훨씬 앞서 있었고 퀴 앞에는 씨를 뺀 자두가 산처럼 쌓여 있었지만 키다리 아저씨도 점점 손이 빨라지면서 퀴와 속도가 비슷해지더니 마침내 키다리 아저씨 앞에도 자두산이 높이 솟아 있었다. 두 사람은 재미있게 자두씨 빼는 일을 마치고 자두즙이 묻어서 끈적거리는 손가락을 맛있게 빨아먹은 다음 씨를 뺀 자두를 큰 냄비에 쏟아 부었다. 퀴는 할머니가 잼 만드는 방법을 적어 주신 종이를 가지고 왔다. 거기엔 이렇게 적혀 있었다.

'씨를 뺀 자두를 찧어 놓은 패랭이꽃과 계피로 버무려라.
중간 중간에 맛을 보아라!
오븐에 불을 켜고 자두가 담긴 냄비를 넣어라.
이때 오븐 뚜껑은 열어 두어야 한다.
그렇게 했으면 이제 기다리는 일만 남았다.
그것이 졸아서 잼이 될 때까지는 최소한 여섯 시간 걸린다.'

키다리 아저씨는 할머니가 가르쳐 준 방법과 똑같이 했다. 마침내 자기가 직접 자두잼을 만들 수 있고 원하는 만큼 실컷 그 자두잼을 먹을 수 있다는 것이 너무나도 기뻤다. 이런 생각을 하는 가운데 시간은 빨리 지나갔다. 퓌는 기다리면서 이런 노래를 불렀다.

'무언가를 간절히 원할 때 도움이 되는 것은 무엇일까?
그건 바로 자두잼 바른 버터빵이지!
절대로 앵두처럼 빨갛게 빛날 수 없는 것은 무엇일까?
그것도 바로 자두잼 바른 버터빵이지!
하느님의 계명에 따라 서로 나눌 수 있는 것은 무엇일까?
그것 역시 자두잼 바른 버터빵이지!'

마침내 여섯 시간이 지나갔고 퓌의 엄마가 키다리 아저씨를 도우러 왔다. 퓌의 엄마는 뜨거운 자두잼을 식힌 다음에 물로 씻어 놓은 유리병들에 부었다.

자두잼은 이렇게 완성되었다. 키다리 아저씨는 자랑스러워하며 '키다리 아저씨표 맛있는 자두잼' 이라고 쓴 종이쪽지를 각각의 유리병마다 붙였다.

키다리 아저씨는 많은 유리병에 잼을 담으면서 퀴와 할머니와 퀴의 부모님에게 조금씩 나누어 주기로 결심했다.

키다리 아저씨는 행복했고 세상은 최고로 좋아 보였다.

"놀라운 일이 일어났어!"

키다리 아저씨는 이제 커다란 구멍을 통해 새로운 세상을 보게 되었고 퀴도 함께 보게 되었다.

장난감 나무

퓌는 무척 화가 났다.

퓌의 친구 빌리는 퓌가 어릴 때부터 가지고 놀던 장난감을 내라고 했다. 주말에 성당에서 은총시장이 열리기 때문에 주일학교에서는 아이들의 장난감을 모으고 있었다. 은총시장은 그 장난감들을 판매해서 가난한 아이들을 돕는 행사였다.

그러나 퓌는 자기 장난감을 내고 싶지 않았다. 장난감놀이를 하기에는 퓌가 너무 커버렸고 어떤 장난감은 더 이상 가지고 놀지 않았지만 그래도 퓌는 자기가 갖고 있는 장난감을 다른 사람에게 주고 싶지 않았다. 퓌도 물론 은총시장이 다른 아이들을 도와주는 좋은 일이라는 것을 알고 있었지만 오늘은 왠지 좋은 일도 하고 싶지 않았다. 어쩌면 빌리가 생일파티에 퓌를 초대하지 않았기 때문에 화가 나서 그러는 건지도 모르지만 퓌는 빌리에게 장난감을 주지 않았고 키다리 아저씨에게 달려가 함께 배드민턴을 치지 않겠느냐고 물어 보았다.

"좋아!"

키다리 아저씨는 기분 좋게 대답했다.

"나는 배드민턴을 쳐 본 적이 한 번도 없는데 오늘 새로운 경험을 하게 되는구나."

두 사람은 함께 퓌의 집 앞마당으로 뛰어들어갔다. 키다리 아저씨는 특별히 노랑과 초록의 줄무늬 운동복을 입었고 퓌는 차고에서 배드민턴 채와 공을 가지고 나왔다.

"젖은 옷을 집는 것처럼 배드민턴 공을 살짝 잡고 보내고 싶은 방향으로 쳐 보세요."

퓌가 아저씨에게 배드민턴 치는 법을 가르쳐 주었다.

키다리 아저씨는 배드민턴 공을 띄워서 어떻게 쳐야 공이 두 사람 사이를 춤추듯이 왔다 갔다 할 수 있는지 배웠다. 그런데 빌리 때문에 화가 난 퓌가 배드민턴 공을 너무 세게 치는 바람에 공이 그만 밤나무에 걸리고 말았다. 초록색 밤송이에 올라앉은 배드민턴 공은 왕관처럼 보였다.

"어떻게 하지?"

밤나무는 무척 높았고 낮은 곳에는 붙잡고 올라갈 만한 나뭇가지가 없었기 때문에 밤나무에 올라가는 것은 거의 불가능했다.

키다리 아저씨가 퓌를 목말을 태워서 올려 주었지만 공이 있는 곳까지 손이 닿지 않았다. 차고 안에 사다리가 있었지만 두 사람이 힘을 합쳐도 사다리를 꺼내 오기가 힘들었다. 퓌는 또 화가 났다.

너무 화가 나서 배드민턴 공을 맞춰 떨어뜨리려고 갑자기 배드민턴 채를 나무 위로 던졌다. 그러나 배드민턴 채도 나무에 걸리고 말았다.

"아! 맙소사. 정말 쓸데없는 짓을 했다."

키다리 아저씨는 이렇게 말하고 얼른 입을 다물었다. 퀴가 화가 난 눈빛으로 쳐다보았기 때문이다.

"아저씨도 어떻게든 해 보세요!"

퀴는 화가 나서 소리쳤지만 곧 미안한 마음이 들었다. 이 말을 듣고 키다리 아저씨도 퀴의 배드민턴 채와 공을 모두 떨어뜨리려고 밤나무를 향해 배드민턴 채를 던졌다. 그러나 저주라도 받은 듯 아저씨의 배드민턴 채도 퀴가 던졌을 때와 마찬가지로 아무 소용없이 밤나무에 걸리고 말았다. 두 개의 배드민턴 채와 공 하나가 마치 모빌처럼 나무에 매달려 있었다.

"이건 아무도 믿지 못할 거야."

키다리 아저씨는 어처구니가 없어서 고개를 저었다.

퀴는 차고로 뛰어가 원반을 들고 와서 배드민턴 공을 겨냥했다.

"배드민턴 공을 찾고야 말겠어!"

이렇게 소리치며 퀴는 원반을 던졌다. 날아간 원반이 나무에 부딪치며 '탁!' 소리를 냈지만 그것도 역시 돌아오지 않았다. 밤송이에 걸린 원반은 마치 성인들의 후광처럼 보였다.

잠시 후 키다리 아저씨는 왼쪽 운동화를 벗어서 또 밤나무를 향해 던졌다. 그리고 키다리 아저씨는 신음소리를 냈다. 운동화 한 짝이 배드민턴 공 옆에 걸리고 말았기 때문이다.

"나는 운동화를 찾고 말겠어!"

키다리 아저씨가 발을 구르고 머리를 흔들며 소리쳤다.

"양동이로 해 봐야겠어요. 이번에는 모두 아래로 떨어뜨릴 거예요!"

퓌가 이렇게 소리치며 빨간 양동이를 무성한 나뭇가지 사이로 던졌다. 그러나 빨간 양동이도 목적을 이루지 못하고 나무에 걸려 버렸다. 퓌는 다시 차고로 뛰어갔고 키다리 아저씨도 뒤따라 껑충 껑충 뛰어갔다.

퓌는 차고에서 아이스하키 채와 고장 난 팽이와 바람 빠진 축구공을 꺼내 들고 다시 밤나무로 뛰어갔다. 두 사람은 함께 밤나무를 향해 그 물건들을 전부 던지고 나서 나무에 걸려 있는 것들이 떨어지기를 기다렸다. 그러나 아이스하키 채도, 고장 난 팽이도, 바람 빠진 축구공도 배드민턴 공과 마찬가지로 떨어지지 않았고 다른 물건들도 마찬가지였다. 퓌는 도무지 이해할 수 없었고 뭔가 이상하다는 생각이 들었다. 키다리 아저씨는 화가 나서 계속

왔다갔다 했다.

“운동화를 꼭 찾고야 말겠어!”

키다리 아저씨 주먹을 꽉 쥐며 굳게 다짐했다.

“우리는 이제 더 새롭고 효과적인 방법을 생각해 봐야 해요.”

뭐가 말했다.

"정말 실제로 도움이 될 수 있는 방법을 생각해 봐야 한다고요."

"남은 신발 한 짝도 던져야겠어."

그렇게 말했지만 키다리 아저씨는 비에 젖은 양말만 신고 동네를 돌아다니고 싶지는 않았다. 이제 곧 비가 올 것 같았던 것이다.

퀴는 곰곰이 생각했다. 도대체 왜 이 물건들을 밤나무로 던졌을까? 그렇다. 그건 배드민턴을 치다가 그렇게 된 것이 아니라 화가 났기 때문이었다. 퀴는 빌리가 성당의 은총시장에 퀴의 장난감을 모두 가져가려고 했기 때문에 화가 나 있었다. 게다가 빌리는 자기 생일파티에 퀴를 초대하지도 않았다. 이유는 바로 그것이었다.

퀴는 이제 무엇을 해야 하는지 깨달았다. 그래서 차고로 뛰어가서 빨간색 장난감 자동차와 꼬마 인형, 농구공과 노란색 장난감 삽을 꺼내 어린이용 손수레에 담고 깜짝 놀라 퀴를 바라보는 키다리 아저씨 옆을 유유히 지나갔다.

"너 설마 이걸 모두 밤나무에 던지려고 하는 건 아니겠지?"

키다리 아저씨가 당황해서 물었다.

"아니에요. 이걸 빌리한테 갖다 줄 거예요."

퀴의 계속된 불행이 끝나기라도 하는 듯 그 순간 빌리가 뛰어왔다. 빌리는 놀라서 밤나무를 쳐다보며 말했다.

"정말 멋진 나무다! 이 밤나무에서는 장난감이 자라네!"

"맞아! 이건 장난감 나무야."

퓌가 말했다.

"그리고 운동화 나무지."

키다리 아저씨가 말했다. 나뭇가지에는 크고 작은 장난감들이 주렁주렁 매달려 있었다. 배드민턴 채과 장난감 원반, 팽이, 아이스하키 채, 양동이, 운동화 그리고 배드민턴 공까지 밤나무 여기저기에 장난감들이 걸려 있었다. 빌리는 처음에는 나무를 쳐다보았고 그 다음에는 퓌를 쳐다보았다. 그리고 장난감을 가득 실은 손수레를 보았다.

"그걸 가지고 뭘 할 거야?"

빌리가 물었다.

"너한테 가져가려고 했어. 성당의 은총시장에 가지고 가서 너를 도와주려고 했어."

퓌가 말했다.

그리고 덧붙여서 말했다.

"나는 이렇게 많은 것을 갖고 있으면서도 나누어야 한다는 걸 잊고 있었어."

"정말 잘 됐어."

빌리가 웃으면서 말했다.

"나도 너와 키다리 아저씨를 내 생일파티에 초대하는 걸 잊었어."

"좋았어! 그럼 우리 다시 배드민턴을 칠 수 있겠다."

키다리 아저씨가 말했다.

"그런데 어떻게 저 물건들을 다시 찾죠?"

퀴가 위쪽을 가리키며 말하자 모두 나무 위를 쳐다보았다.

"그래, 사다리! 우리는 지금 세 명이고 셋이서는 차고에서 사다리를 꺼낼 수 있을 거야!"

퀴가 말했다. 막 비가 내리기 시작했을 때 세 사람은 재빨리 차고로 뛰어가 사다리를 꺼내 와서 밤나무에 기대어 세웠다. 그러고 나서 세 친구는 비를 피해 차고로 다시 뛰어 들어갔다. 거기서 그들은 비 때문에 배드민턴 공이 나무에서 떨어지는 것을 보았다.

"이건 시작일 뿐이야."

퀴가 말했다.

"비가 온 뒤에 나머지를 전부 수확할 수 있을 거야."

퀴와 빌리와 키다리 아저씨는 차고 안에서 웃으며 뛰어다녔다.

큰 천둥을 기다리며

퀴는 오후에 투른슈 외할머니 집에 갔다. 책가방을 들고 가서 할머니 집에서 숙제를 하려던 참이었다. 그런데 퀴는 할머니네 주방 문 앞에서 걸음을 멈출 수밖에 없었다. 할머니가 두 손으로 귀를 막고 주방에 앉아 계셨기 때문이다.

"할머니, 뭘 하시는 거예요?"

퀴가 큰 소리로 외쳤다. 왜냐하면 외할머니가 귀를 막고 계셔서 잘 듣지 못할 수도 있었기 때문이다.

"곧 엄청나게 큰 소리가 날지도 모른단다."

할머니가 조심스럽게 속삭이셨다.

"무슨 소리가 난다구요?"

퀴는 할머니가 잘못 알아들으셨다고 생각하면서 다시 물었다. 할머니는 귀에서 손을 떼고 말씀하셨다.

"라디오에서 그러는데 오늘 큰 천둥이 우리 동네로 온다는구나."

그러고 나서 할머니는 다시 귀를 막으셨다.

"도대체 어디에서 천둥이 온다는 거예요?"

퓌가 깜짝 놀라 물었다. 그리고 할머니의 맞은편에 앉아 퓌도 귀를 막았다.

"우르릉 꽝!"

할머니는 천둥소리를 내면서 아주 무서운 표정을 지으셨다.

"저도 천둥소리는 알아요. 다만 그 큰 소리가 어디에서 나는 건지 알고 싶을 뿐이에요."

투른슈 할머니는 말없이 하늘을 가리켰다.

퓌는 하느님이 어디에나 계시다는 것을 알지만 하늘을 쳐다보았다. 할머니는 하느님에 대해 말씀하실 때면 늘 하늘을 가리키곤 하셨다.

"도대체 하느님이 그 천둥과 무슨 상관이 있어요?"

퓌가 물었다. 바로 그 때 키다리 아저씨가 방으로 들어오더니 두 사람을 보고 놀라서 눈을 크게 떴다. 할머니와 퓌가 식탁에 앉아 '쉿!' 하고 속삭이자 키다리 아저씨는 궁금해서 견딜 수 없었지만 함께 식탁에 앉아 귀를 막았다.

"하느님이 천둥과 무슨 상관이 있느냐고요?"

퓌가 다시 물었다.

"펠리치따스야! 사람들이 더 이상 가까운 사람들에게 관심을 갖지 않기 때문에 하느님이 그렇게 큰 천둥을 보내시는 거란다."

할머니가 너무 작은 소리로 말씀하셨기 때문에 퓌는 할머니 쪽으로 몸을 기울여 다가가야만 했다.

키다리 아저씨는 반쯤만 알아듣고 호기심에 가득 차서 물었다.

"누가 뭘 보낸다는 거예요?"

투른슈 할머니와 퓌는 키다리 아저씨를 쳐다보면서 다시 한 번 확실하게 '쉿!' 하고 소리를 냈다. 그러자 키다리 아저씨는 조용히 생각에 잠겼다.

'두 사람은 귀를 막고 싶다면 막아요. 그렇지만 나까지 그렇게 하라고 하지는 말아요. 나는 너무 지루해요.'

키다리 아저씨는 귀에서 손을 떼고 원하는 방송을 찾을 때까지 라디오의 채널을 돌렸다.

"가브리엘 방송에 오신 것을 환영합니다!"

갑자기 한 남자의 목소리가 들렸고 이어서 다음과 같은 말이 흘러나왔다.

"어마아마하게 큰 과자 천국 축제가 벌어지고 있습니다. 이곳에 오신 것을 진심으로 환영합니다."

투른슈 할머니는 귀에서 손을 떼셨다.

"그것 봐라. 저기에서도 사람들이 큰 천둥에 대해서 말하고 있잖니?"

퓌는 키다리 아저씨를 쳐다보고 다시 할머니께 말했다.

"사랑하는 외할머니! 라디오에서는 큰 천둥에 대해 얘기하는 것이 아니라 큰 과자 천국 축제에 대해 말하고 있어요. 과자 천국 축제라고요."

그러나 퓌는 할머니가 또 잘못 알아들으셨다는 것을 알 수 있었다. 할머니가 이렇게 말씀하셨기 때문이었다.

"나도 잘 들었다. 하느님께서 오늘 큰 천둥을 주실 거야. 사람들이 서로에게 더 관심을 보이라고 말이지."

그러고 나서 할머니는 다시 귀를 막으셨다.

바로 그때 현관벨이 울렸다. 할머니가 일어나시기 전에 퓌가 달려갔고 키가 큰 남자어른과 함께 주방으로 돌아왔다. 그 사람은 정말 컸다. 옆에 있는 키다리 아저씨가 꼬마처럼 보일 정도로 그렇게 컸다. 그 아저씨는 긴장한 듯이 손에 들고 있는 모자를 뱅글뱅글 돌리면서 한 사람씩 찬찬히 바라보더니 할머니에게 말했다.

"방해가 됐다면 죄송합니다. 제 이름은 천둥이고 세례명은 그레고리오입니다. 저는 올림픽에서 금메달을 딴 뜀틀선수이고 오늘 이 동네로 이사 왔습니다. 라디오에서 제가 이 동네로 이사를 온다는 뉴스를 들었을 겁니다. 그런데 혹시 커피 한 잔 주실 수 있나요?"

투른슈 할머니는 그 남자를 머리에서 발끝까지 천천히 보고 나서 만족스럽게 웃으며 말씀하셨다.

"아, 바로 그 큰 천둥씨로군요. 나는 벌써 알고 있었다오. 하느님께서 우리에게 큰 천둥을 보내셔서 우리더러 그에게 관심을 가지라고 하셨지요."

할머니는 얼른 커피를 타서 식탁에 놓았다.

"자, 여기 있어요, 천둥씨. 내가 당신을 위해 커피를 준비했어요. 혹시 케이크도 한 조각 들겠어요?"

천둥씨는 커피잔을 들고 향기를 음미하며 무척 행복해했다. 키다리 아저씨가 그 모습을 보다가 할머니께 말했다.

"키가 큰 천둥씨에게 관심을 보이시는 건 좋지만 퀴와 저에게도 관심을 좀 보여 주셔야죠."

투른슈 할머니는 알았다고 하시며 번개처럼 빠르게 키다리 아저씨와 퀴에게 자두잼 바른 버터빵과 코코아를 만들어 주셨다. 그리고 무척 즐거워하셨다.

키다리 아저씨는 행복했고 세상은 최고로 좋아 보였다.

"놀라운 일이 일어났어!"

키다리 아저씨는 이제 커다란 구멍을 통해 새로운 세상을 보게 되었고 퀴도 함께 보게 되었다.

도대체 왜 그럴까?

키다리 아저씨는 천둥씨의 새 시계가 자꾸 생각났다. 그래서 '시간' 이라는 낱말을 종이에 쓰고 그걸 접어서 천둥씨네 창문을 향해 던졌다. 그러고 나서 다시 새 종이를 꺼내 또다시 '시간' 이라고 적고 천둥씨의 창문으로 또 던졌다. 키다리 아저씨는 천둥씨가 창문을 열고 시간을 알려 줄 때까지 계속 그렇게 했다.

빌리는 퀴처럼 외할머니가 안 계셔서 가끔 슬펐고 그럴 때마다 자기를 사랑해 주시는 할머니 그림을 그리고 슬픈 마음이 없어질 때까지 아름답게 색칠을 해서 투른슈 할머니께 선물했다.

퀴는 빌리의 엄마가 빌리에게 곰모양 젤리를 사 주는 게 부러웠다. 퀴의 엄마는 퀴가 이미 초콜릿을 먹었기 때문에 젤리를 사 주지 않았다. 그래도 퀴는 젤리가 먹고 싶었다. 빌리가 가지고 있는 곰모양 젤리가 발냄새 나는 맛이라 해도 퀴는 빌리가 갖고 있는 그 젤리를 먹고 싶었다.

빌리가 곰모양 젤리를 퀴와 나누어 먹을 때에도 퀴는 자기만의 곰모양 젤리를 갖고 싶었다. 왜냐하면 퀴도 자기 젤리를 많이 가지고 그걸 언제 누구에게 얼마나 나누어 줄 것인지 자기가 알아서

하고 싶었기 때문이다. 그리고 빌리가 퀴도 곰모양 젤리를 아주 좋아한다는 걸 알아야 나눠 줄 텐데 퀴는 그때까지 기다리는 것도 싫었다.

이따금 엄마가 퀴에게 곰모양 젤리를 사 주었지만 퀴는 그것도 싫었다. 왜냐하면 퀴는 사실 자두맛이 없는 젤리를 좋아하지 않았기 때문이다.

왜 맨날 네 것이 더 맛있지?
똑같은 초콜릿 아이스크림인데 말이야.

내가 너였으면 좋겠다!

천둥씨는 슈퍼맨이었다. 무엇이든 천둥씨가 만지기만 하면 다 고쳐졌다. 전등이 고장 났을 때에도 천둥씨가 조금만 건드리면 다시 불이 켜져서 환한 빛 속에 서 있을 수 있었다. 천둥씨는 영화배우처럼 아주 멋지면서도 굉장히 겸손한데다 친절하고 마음까지 따뜻했다.

키다리 아저씨는 생각했다.

"햇볕 아래 아무리 오래 있어도 피부가 검게 타지 않는 사람이 있지."

천둥씨가 키다리 아저씨와 할머니와 뤄네 옆집에 이사 온 이후로 키다리 아저씨의 생활은 많이 변했다. 가끔 그랬듯이 키다리 아저씨는 할머니와 함께 인터넷을 즐기기 위해 투른슈 할머니의 집에 갔지만 그곳에는 이미 천둥씨가 있었다. 천둥씨는 할머니와 컴퓨터 앞에 앉아 있었고 두 사람이 너무도 재미있어 보여서 키다리 아저씨는 소외감을 느낄 정도였다. 어떤 날은 할머니가 천둥씨와 성당에 가면서 키다리 아저씨는 데리고 가지 않았다.

"내가 천둥씨 같을 수만 있다면 얼마나 좋을까?"

키다리 아저씨는 거울을 보며 자신에게 말했다. 그러나 거울 속의 키다리 아저씨는 힘없이 어깨만 으쓱할 뿐이었다.

어느 날 키다리 아저씨는 그 새로운 이웃이 자두잼을 잔뜩 바른 버터빵을 들고 있는 것을 보았다. 뛰의 엄마가 그 빵을 만들어 주었고 천둥씨는 정말 기뻐하는 모습이었다.

"한 입 먹어 볼래요?"

천둥씨가 키다리 아저씨에게 물었다.

"이 자두잼 바른 버터빵은 정말 세상에서 제일 맛있어요."

키다리 아저씨는 그 빵이 얼마나 맛있는지 모르는 사람처럼 고개를 돌렸다. 자두잼이 혀에 닿는 순간의 그 맛이 얼마나 기가 막힌지 모르는 사람처럼.

"우리 뜀틀 시합 한번 해 볼래요? 선수처럼 잘 할 수 있도록 도와 줄게요."

천둥씨가 말했다.

키다리 아저씨는 약간 당황하며 미소를 지었다. 물론 키다리 아저씨도 높이 뛰어오르는 건 잘 할 수 있었다.

키다리 아저씨는 성당 주보를 할머니네 집 창문 너머로 던져 할머니께 전달할 수 있을 정도였다. 할머니가 1층에 사시지만 말이다. 그러나 키다리 아저씨는 천둥씨가 높이 뛰는 정도가 아니라 뜀틀선수라는 것을 알고 있었다. 게다가 천둥씨는 세계 챔피언이었다.

키다리 아저씨가 최악이라고 생각하는 것은 천둥씨가 굉장히 친절한 사람이라는 것이었다. 그렇게 친절한 천둥씨를 어떻게 미워할 수가 있겠는가.

저녁때 키다리 아저씨는 다시 거울 앞에 서서 거울 속 자신에게 말했다.

"네가 천둥씨라면 얼마나 좋을까! 그러면 모든 사람들이 너를 사랑하고 네 유머에 즐거워할 텐데. 너는 최고의 뜀틀선수였을 테고, 사람들은 네게 자두잼 바른 버터빵을 주려고 안달일 텐데."

키다리 아저씨는 거울을 향해 혀를 쏙 내밀었고, 거울 속 자신 또한 혀를 내밀고 있었다. 키다리 아저씨는 거울 속 자신에게 또 혀를 내밀었고, 거울 속 키다리 아저씨도 다시 혀를 내밀었다.

밤에 키다리 아저씨는 잠을 푹 자지 못했다. 꿈에 하느님이 나타나셔서 단 하루 동안 천둥씨로 살 수 있도록 허락을 하셨다. 정말 특별한 꿈이었다. 천둥씨가 된 키다리 아저씨는 모든 사람들로부터 사랑을 받았고 모두가 키다리 아저씨와 이야기하고 싶어했다. 거울을 들여다봐도 더 이상 키다리 아저씨의 모습은 없고, 거기에는 정말 멋진 천둥씨의 얼굴이 있었다.

다음 날 아침 키다리 아저씨는 그 모든 것이 꿈이었다는 사실을 깨닫고 그런 꿈을 꾼 것을 좋아해야 할지 아니면 싫어해야 할지 고민했다.

점심을 먹은 후 키다리 아저씨는 천둥씨가 뜀틀을 운동장으로 옮기는 것을 도왔다.

"키다리씨가 뜀틀에서 얼마나 잘 뛸지 정말 기대가 되네요."

천둥씨가 말했다. 키다리 아저씨는 자신이 입은 낡은 운동복이 창피했다.

"먼저 뛰세요."

키다리 아저씨는 수줍게 말하며 뜀틀을 손으로 가리켰다. 천둥씨는 그 말이 끝나기도 전에 뜀틀을 향해 돌진했다.

그 모습을 지켜보던 사람들은 너무도 놀라 입을 다물지 못했다. 천둥씨는 그냥 뜀틀 위로 뛰어올랐다가 다시 내려온 것이 아니라 몸을 완전히 돌려 공중회전을 하고 몸의 균형을 잡으며 두 다리가 정확히 가운데 오도록 착지했다. 천둥씨는 정말 세계 최고 선수였다. 투른슈 할머니는 뀌와 함께 창문으로 그 광경을 지켜보고는 열광하며 박수를 쳤다.

이제 키다리 아저씨 차례가 되었다. 키다리 아저씨는 조심스럽게 매트 위로 올라가서 천천히 뛰어오를 준비를 하면서 방금 전 천둥씨가 보여 주었던 황홀한 묘기를 결코 따라 하지 못할 것이라는 생각을 했다.

그리고 뛰었다.

"쿵, 쾅, 털썩!"

키다리 아저씨는 뒤로 넘어지며 떨어지고 말았다. 그러나 다시 몸을 일으켜 매트에 올라가 다시 한 번 도약했다.

"쿵, 쾅, 털썩!"

다시 떨어진 키다리 아저씨는 불안한 눈으로 주위를 둘러보았다. 할머니와 퀴가 몸을 창밖으로 거의 다 내밀고 바라보고 있는 모습이 보였다.

운동장에 있던 퀴의 부모님은 키다리 아저씨의 도약을 보고 박수를 쳤다. 천둥씨도 만족스러운 듯 키다리 아저씨를 바라보며 용기를 북돋는 윙크를 해 보였다.

"키다리 아저씨, 만세!!"

운동장으로 나온 퀴가 키다리 아저씨를 향해 소리쳤다.

"키다리씨가 방금 보여준 도약은 아무도 쉽게 흉내낼 수 없는 것이었어요."

천둥씨가 외쳤다.

"키다리씨는 뛰어오르면서 사람들을 재미있게 해 주는 재주가 있군요."

이 말을 듣고 키다리 아저씨는 자랑스럽게 뜀틀에서 내려와 주위의 구경꾼들과 악수를 나누었다.

그리고 키다리로 사는 것이 얼마나 좋은 일인가를 생각했다. 그때 천둥씨가 다가오며 말했다.

"나는 가끔 내가 키다리씨가 된다면 얼마나 좋을까 하고 생각한답니다."

키다리 아저씨는 당황해서 얼굴이 빨개지며 말했다.

"당신이 천둥씨이고 내가 키다리인 것이 참 좋은 것 같아요. 우리가 서로 다르기 때문에 우리 앞에 서 있는 사람이 누군지 잘 알 수 있으니까요."

"그리고 지금 내 앞에는 내 친구가 서 있구요."

퀴가 두 사람 사이에 끼어들며 키다리 아저씨를 껴안았다.

키다리 아저씨는 행복했고 세상은 최고로 좋아 보였다.

"놀라운 일이 일어났어!"

키다리 아저씨는 이제 커다란 구멍을 통해 새로운 세상을 보게 되었고 쥐도 함께 보게 되었다.

옮긴이소개 최영균 | 수원교구 사제 · 김성진 | VCA 한국지사 근무

에어빈 그로쉐

에어빈 그로쉐는 1955년에 태어났으며 독일 파더본에 살고 있다.

배우로 또 극예술가로 명성을 떨치고 있으며 작가로도 유명하다. 어른들을 위한 책과 함께 어린이와 청소년을 위한 책과 음반매체를 상당수 발간했으며, 독일 티네만출판사에서 「파수꾼 Der Schlafbewacher」이라는 그림책을 출간했다.

에어빈 그로쉐는 그리스도교적 전통과 어린이와 밀접하고 특별한 관련성을 갖는다. 그는 다양한 일상의 상황 속에 살고 있는 어린이들의 정신세계를 그만의 솔직한 유쾌함으로 묘사하고 있다.

극예술가로서 그로쉐는 섬세한 언어예술과 시적 세계로 정평이 나 있다. 새로운 작품 「너는 나를 기쁘게 해 Du machst mich froh」는 어린이 기도서의 걸작인데, 이 작품으로 그로쉐는 작가로서 새로운 길에 들어섰다는 것을 보여주고 있다. 그로쉐가 그의 작품에서 우선시하는 것은 '모호하기만한 세상을 풍자와 유머로 명쾌하게 설명'하고자 하는 것이다.

펠리치따스와
키다리 아저씨
그리고 십계명

Felicitas, Herr Riese und die Zehn Gebote

지은이 | 에어빈 그로쉐 Erwin Grosche
옮긴이 | 최영균, 김성진
그림 | 다그마르 가이슬러 Dagmar Geisler
펴낸이 | 장말희
펴낸곳 | 도서출판 장락

초판인쇄 | 2005년 7월 2일
초판발행 | 2005년 7월 7일

등록일 | 1991년 7월 25일 등록번호 / 제21-251호

주소 | 110-350 서울시 종로구 운니동 65-1 월드오피스텔 1103호
전화 | 02) 3673-0315~6 팩스 | 02) 3673-0317

값 | 9,500원
ISBN 89-85262-75-0 03850